汽車よゆけ、恋の路《みち》

～明治鉄道浪漫抄～

久我有加

フルール文庫

Bleu Line

汽車よゆけ、恋の路《みち》

～明治鉄道浪漫抄～

久我有加

Arika Kuga

フルール文庫

本作品の内容はすべてフィクションです。
実在の人物、団体、事件などにはいっさい関係ありません。

目次

イラストレーション／夏珂

汽車よゆけ、恋の路《みち》

～明治鉄道浪漫抄～

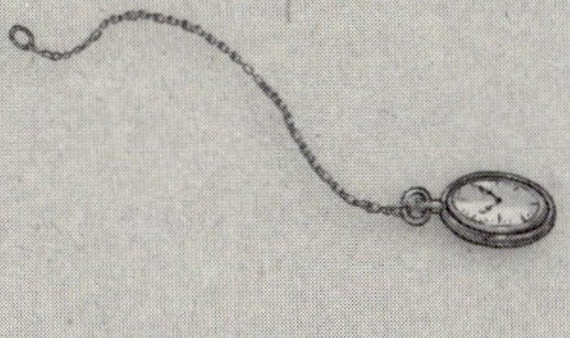

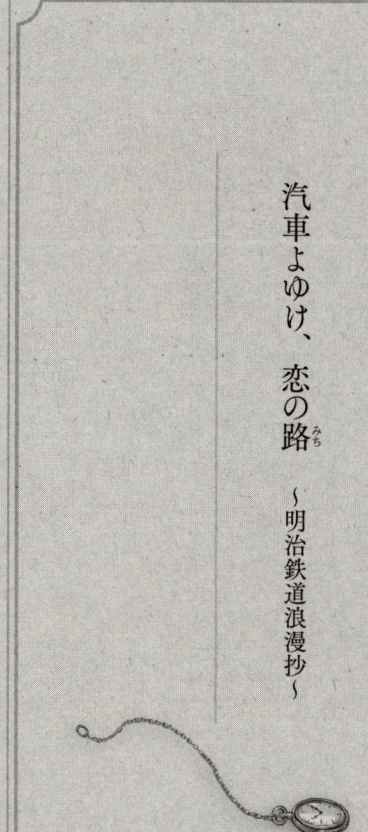

序

若友俊次《わかともしゅんじ》が初めて蒸気機関車を見たのは、十になったばかりの頃だ。廻船《かいせん》問屋だった母の実家の家業を受け継ぎ、大きな貿易会社へと成長させつつあった父は多忙を極めていた。にもかかわらず父はその日、俊次とひとつ年上の兄の孝一《こういち》を駅へ連れて行った。目的は蒸気機関車を見ること、そして乗ることだ。

母と二つ下の妹と五つ下の弟は留守番だったから、家族旅行というわけではなかった。普段は滅多に口をきかない父と出かけるというので、兄と二人、やたら緊張していたことを覚えている。

とはいえ蒸気機関車は学校でも話題に上っていて、実際に乗った級友は大いに自慢をしていたため、ぜひ見てみたいと思っていた。だから自分も乗れることになって嬉《うれ》しかった。

が、その緊張も嬉しさも、実際に機関車を目にした途端に霧散した。

大きな黒い鉄の塊。それが轟音《ごうおん》をあげ、もくもくと灰色の煙を吐き出しながら、俊足の馬よりもずっと速く地上を駆ける。腹に響く高い汽笛は、未知の獣の咆哮《ほうこう》のようだった。

ただ圧倒された。なんだこれは。凄《すご》い。こんな凄いものは見たことがない。

江戸が明治となったのは十二年前のことだ。周囲の大人たちは様々なことが劇的に変わったと言う。特に直参旗本だった父の父は、徳川家という主《あるじ》を失い、廃刀令で刀を失い、侍として生きることができなくなった。加えて家を存続すべき跡取り息子は、憤るどころか、商家に婿に入ってしまった。祖父にとってみれば青天の霹靂《へきれき》と言える変化だっただろう。

しかし、江戸ではなく東京府に生まれた俊次にとって、世の中は変化し続けているのが当たり前で、それを憂う感覚はなかった。

きっと、これからの世の中はもっともっと変わる。異形と呼ぶに相応《ふさわ》しい蒸気機関車の姿が、そう確信させた。

実際に乗ってみて、また驚いた。上等車は中央に通路があり、窓がついた両側に肘掛付の長い椅子が据えられていた。まるで西洋の高級な椅子に腰かけているように快適だった。

それに、とにかく速い。馬と違って疲れないので、速度が全く落ちない。

駅で下りた後、声もなく機関車を見上げる俊次と兄に、父は尋ねた。

「鉄道で何ができると思う」

「何ができる、とは、どういう意味ですか?」

尋ね返したのは兄だ。

当時はまだごくごく少数の者しか纏《まと》っていなかった洋装に身を包んだ父は、兄を見下ろした。

「鉄道ができたことで、世の中は、人々の生活は、商売はどう変わる」

兄はわずかに首を傾《かし》げた後、しっかりとした口調で答えた。

「たくさんの物を一時に遠くまで速く運べるようになりますから、商売の規模が大きくなります。手紙や図面も速く届くので、商機を逃すことなくものにできるでしょう。それから、歩くのに比べて体への負担が少なくて済むので、女子供や年寄りも気軽に遠くへ出かけられます。だからこれまでより旅が盛んになると思います。駅の近くに宿や店を作れば、たくさんの人が利用するようになるでしょう。それに鉄道は多くの日本人にとってまだまだ珍しいですから、汽車に乗ることそのものが目的の旅も人気が出るかもしれません」

さすが兄さんだと俊次は感心した。汽車に乗ることそのものが目的の旅なんて、思いつかなかった。

父も同じように感じたのだろう、うんと満足げに頷《うなず》いた。そして今度は俊次に目を向ける。

「俊次はどう思う」

え、と俊次は思わず声をあげてしまった。正直、機関車の迫力に圧倒されていて何も考えていなかった。

それでも、兄と同じ答えを言ってはいけないことはなんとなくわかった。いけなくはないが、父はきっと失望する。

父さんは、僕と兄さんの答えを聞くためにここへ連れて来たんだ。

父は次男である俊次にも、それなりに期待を抱いているらしい。将来、社長となる兄を補佐してほしいと思っているのかもしれない。

「疫病が流行《はや》ったとき、医者や薬を速く運べるので、病人をたくさん救うことができます。早く対処できれば感染の拡大が防げる。去年流行ったコレラも鉄道が発達していれば、もっと有効な手が打てたかもしれません」

松山で発生したコレラは、わずか三ヶ月で神戸港から大阪へ広がり、以降、全国に蔓延《まんえん》した。有効な治療法が確立していなかったせいで、致死率は六割以上。俊次の家族は誰も罹《かか》らなかったが、親戚や祖父の友人、父の会社の社員とその家族が何人か亡くなった。結局、十万人を超える人々が死亡したと聞く。

「それから、兵士や軍馬も短時間でたくさん運べるので、海から外国に攻められた場合、国を守る役にも立つと思います。食料や武器の補給も簡単になる。鉄道が日本中に敷かれて港とつながれば、の話ですが」

もうひとつ思いついたことを口に出すと、兄は目を見開いてこちらを向いた。

父親ではなく社長の顔をした父はといえば、わずかに眉を動かした。

「おまえの級友に、内務省か陸軍省の官吏《かんり》の子息がいるのか?」

内務省は国民の厚生を管理する役所だ。疫病対策も内務省の仕事である。

陸軍省はその名の通り、陸軍を管轄する役所だ。

「内務省の官吏の子供はいませんが、陸軍省の官吏の息子はいます。でも、仲は良くありません。級友の父親は薩摩《さつま》出身の武士なんです。三年ほど前に江戸に出てきたらしくて、江戸の商人の息子の僕が話しかけても口をききません」

ふん、と父は鼻を鳴らした。

「将来、仕官するにしても商売をするにしても、商人とつながりがあった方が何かと便利だろうに。視野が狭い。くだらんな」

「はい。でも喧嘩《けんか》をしても何の得にもならないので、当たり障りのないように付き合っています」

我らこそが新政府とやたら威張る態度の裏には、江戸者にばかにされまいとする意地が隠れている。その気持ちもわからないではない。実際、薩長から出てきた者に対して田舎侍と陰口を叩《たた》く級友もいるからだ。

「それはいいことだな。余計な争いは避けた方が利口だ。しかしそうすると、さっきのはおまえの考えか」

ふむ、と頷いた父はどこか嬉しそうな顔をしていた。その顔を目の当たりにして、他に考えていたことは言えなかった。

鉄道を利用して旅する人が増えれば、街道沿いで商いをしていた宿場町は客をとられるだろう。港に出兵する兵士を泊めていた宿屋も閑古鳥が鳴く。人を運んでいた駕籠《かご》屋はどうなる。人を乗せていた馬はどうなる？

万が一、伝染病に罹った者がそうと気付かず汽車に乗って移動すれば、病は三ヶ月どころか数日のうちに全国に広がってしまうだろう。

栄える者がいれば、その陰で滅びていく者がいる。良いことがあれば、必ず悪いことがある。

そのことを考えずにはいられない己を俊次が自覚したのは、思えばこのときが最初だったかもしれない。

「ここからまた急になってますさかい、足下気を付けてください。道が濡《ぬ》れて滑りやすうなってますから」

前を行く小柄だが屈強な男に声をかけられ、はい、と俊次は応じた。

そびえるほど高い木々の隙間から差し込む陽光は、早くも傾き始めている。五月も数日をすぎたというのに、山の中は冷え込んでいた。歩いている間は暑いくらいだが、少しでも立ち止まると、外套《がいとう》を着ていても寒さが染みてくる。わずかに息が白い。

急峻《きゅうしゅん》な山道を歩き始めて、どれくらい経《た》ったのか。

普段からある程度鍛えているため、ただ歩くだけなら休みなしで数十キロでも平気だ。しかし山歩きは不慣れである。持ってきた風呂敷包みは男が担いでくれているものの、さすがにきつい。

しかも昨日まで五日ほど雨が降り続いていたとかで、道がかなりぬかるんでいる。慣れた靴を履いてきて正解だった。先ほどから耳を叩き続けている、ドドドドド、という地鳴りのような音は、恐らく近くを流れる川の音だろう。かなり増水しているらしい。

この山にトンネルを掘って鉄道を通せば、こんなに苦労しなくても、あっという間に村に着くはずだ。

「わざわざこんな山奥にまで来てもろて、すんませんな」

もう何度目かわからない謝罪に、俊次は首を横に振った。

「いえ、これが私の役目ですから謝っていただく必要はありません。こちらこそ、案内してくださって助かります。荷物まで持っていただいて、すみません」

一人だったら間違いなく迷っていただろう。それほど山が深い。

「それにしても、村から出るのにこう時間がかかると大変ですね」

「まあ、生まれてから一度も村から出んと死ぬ者もおりますから。けどこれからはそうはいきませんでしょう。山奥に閉じこもっておっては世の中に取り残されてしまう。鉄道が通ればそんな心配はのうなるのに、庄屋《しょうや》さんときたら鉄道はいらんやなんて」

恐らく二十歳くらいだろう若い男、平助《へいすけ》は次第に怒った口調になっていく。

まあまあ、と俊次は宥《なだ》めた。

「庄屋さんには庄屋さんのお考えがあるんでしょう」

明治となった今の世にはもう、「庄屋」は存在しない。いるのは「村長」だ。が、俊次は敢《あ》えて庄屋と呼んだ。時代が明治になったからといって、急に呼び方を変えられるわけもない。

逓信《ていしん》省鉄道局工務課の神戸保線事務所に所属する書記。それが俊次の肩書きだ。中央政府の官公庁に勤める高等官と呼ばれる官吏だが、その中でも最下級の奏任官である。

明治初期の鉄道創業当時、官民の両方から鉄道反対の運動が起こった。外国人が内地へ侵入しやすくなる。数々の反政府運動で荒れ果てた国土を思えば、鉄道よりもっと他に先にやるべきことがあるはずだ。私有地を鉄道用地として差し出さなくてはならない。煙害で沿線上の田畑が枯れてしまう。——理由は様々だが、最も大きな理由は未知のものへの恐れだったのだろう。

が、明治も二十年をすぎると、多くの人が鉄道の利便性と有用性に気が付くようになった。地域の活性化のため、地方の政治家や地方行政は、こぞって地元に鉄道を敷こうと動き始めた。

そんな中、近畿のとある地域に私鉄を通す計画が立てられた。が、明治二十三年の恐慌の煽《あお》りを受けて資金を調達できず、計画は頓挫した。しかし鉄道計画の中心人物であった地方政治家はあきらめなかった。今度は官設鉄道の誘致運動に乗り出したのである。政治家が中央政府とのつながりを持っていたことも影響したらしく、運動は実を結び、官設鉄道が敷かれる運びとなった。

しかし、問題があった。沿線上にあるたったひとつの村だけが鉄道反対だったのだ。

山の奥深くにある、人口二百人足らずの小さな村。名を極楽村《ごくらく》という。ここ数百年、一度も災害に遭ったことがなく、疫病とも無縁だったことからついた名前らしい。

極楽村は私鉄の計画を立てていたときから鉄道反対だった。賛成している村人も半数近くいるのだが、村長を中心に反対派も多数いるため、賛成とは言えなかったようだ。

とはいえ、所詮は山奥の田舎村だと政治家たちは舐《な》めてかかった。官設となれば賛成にまわるだろうと高をくくったのだ。しかし村長の態度は変わらなかった。

まず、村の賛成派が反対派を説得した。が、村長は応じなかった。今度は政治家が説得に乗り出したものの、やはりだめだった。そこで政治家が中央政府とのつながりを利用し、通信と交通運輸――つまり鉄道を管轄する逓信省に直接泣きついた。中央政府の官吏にならば、さすがの村長も屈服するのではないかと考えたのだろう。

最初は極楽村に最も近いという理由で、俊次も所属する神戸保線事務所の官吏が、地方政府の者と共に村へ向かったが、説得は失敗した。しかも同僚は帰ってくるなり職を辞した。次に政治家と共に、鉄道局の監理課の官吏がわざわざ東京から出向いた。しかし説得することができなかったばかりか、東京へ戻るなり異動願いを出した。いったい何があったのだと尋ねても、青い顔で項垂《うなだ》れるだけではっきりしたことは言わなかったらしい。

　何かある、おかしいと感じた他の官吏たちは、誰も極楽村へ行きたがらなかった。そうして結局、神戸保線事務所にいる官吏の中で一番若い、二十四歳の俊次にお鉢がまわってきたのだ。

　薩長出身の士族——元武士階級の者が中心となった官公庁では、元徳川幕府の家臣の係累や平民は、よほど優秀でないと出世できない。たとえ帝国大学を卒業した秀才であっても出自を問われることが多々あるのに、俊次は私立学校出だ。つまり、元直参旗本の孫で、今の身分は士族ではなく平民、しかも国立の帝大ではなく私立学校の卒業生である俊次は、どうせ出世できない。加えて大きな貿易会社の息子なので、失職しても食うに困らないと思われたのだろう。

　まあ、若いのも社長の息子なのも事実だしな。

　厄介ごとを押しつけられたとは思わなかった。どうせ誰かが行かなくてはならないのだ。それが自分だっただけのことである。

　むしろ選ばれて幸運だと思った。村で何があったのか興味があったのだ。もともと俊次は好奇心が強い方だ。気になることがあると、自分の目で確かめたくなる性分なのである。

それにしても、本当にきつい山道だ。ただでさえ急な坂道で登りづらいのに、じっとりと湿った雑草とぬかるんだ土が足裏にまとわりついてくる。もしかしたら以前に来た鉄道局の官吏二人は、この大変な道行きに疲れただけかもしれない。

「前に来た遠藤《えんどう》も、平助さんが案内してくださったんですか?」

歩を進めながら尋ねる。遠藤というのは、俊次と同じ神戸保線事務所に勤める技師だった男だ。極楽村から帰ってすぐに退職してしまった。

平助は頷く。

「はい、わしが案内しました」

「ありがとうございます。帰りも送ってくださったんでしょうか」

前を行く平助の体がびくりと震えたのを、俊次は見逃さなかった。

が、はい、と平助は何事もなかったかのように返事をする。

「平助さんについていけなかったんじゃないですか?」

「まあ、わしはここで生まれ育っとりますし、山の手入れが仕事やさかい、山道にも慣れておりますけど、街で育たはった都会のお人には相当きついと思います。お疲れになっても無理はありません」

「親切にしていただいたのに、お役に立てなくてすみませんでした」

「いやあ、こっちこそ、こんな山奥まで何度も来ていただいて申し訳ないです。若友さんはわしらがきっちりお守りしますよって、安心してください」

平助は胸を張る。この青年は鉄道賛成派らしく、鉄道局の官吏である俊次に好意的だ。敬語で話す俊次に、最初かわいそうなくらい恐縮しきっていた。

でも、守るってなんだ。

「村長さん……、庄屋さんは初対面の人間に暴力を振るわれるような、乱暴な方なんでしょうか」

「いえ、あの、そういうわけや……」

平助は口ごもった。

やっぱり何かあるんだ。

村長が鉄道に反対する理由は、都会の悪《あ》しき習慣が入ってくると若者の風紀が乱れるため、ということになっている。

しかし、どうもそれは建前のような気がするのだ。

極楽村には秘密がある。それが平助におかしなことを口走らせ、村長に鉄道を忌避させている。

まずは、村の秘密を知らねばならない。

極楽村にたどり着いたのは、山の稜線《りようせん》に太陽が接触したまさにそのときだった。

美しい。それが第一印象だった。

わずかな平地は余すことなく田畑に変えられていて、その全てが完璧に手入れされていた。桃色の夕日に照らされた茅葺《かやぶき》の家々も手入れが行き届いており、整然としている。

周囲の山々にも人の手がしっかりと入っているのが一目でわかった。明治六年の地租改正で、村や町が共同管理してきた所有者不明の山や原野の多くは国有化されたが、極楽村を囲む山々は、どういうわけか全て村長の名義である。もっとも、実質的には村の共有物になっているようだ。

江戸の世からほとんど変わっていないと思われる村の姿は、文明開化から取り残された時代遅れの村と見る者もいるかもしれない。が、もっと閑散とした貧しい村を想像していた俊次は、ごく単純に美しいと思った。さすが「極楽」と呼ばれているだけのことはある。

冷たい風が吹き下ろしてくる中、出迎えてくれたのは村の若者たちだった。よく来てくださったと歓迎され、鉄道に対する期待の大きさを感じた。

その一方、半数近くの村人が周囲を気にして目を配っていた。まるで誰かに見られるのを怖がっているかのように。

反対派に遠慮したのか。それとも他に、鉄道局の官吏を大っぴらに歓迎できない理由があるのか。

「不快に思われることがあると思いますが、気になさらないでくださいね」

声をかけられ、俊次は我に返った。

数歩先を歩いていた着物姿の若い男が、心配そうにこちらを見ている。

「ああ、大丈夫です。村長さんが鉄道に反対されていることはわかっていますから」

「いや、そういうことやのうて」

口ごもった男は村長の息子だ。名は千頭元義《せんずもとよし》。丸い顔と眦《まなじり》の垂れた細い目が、いかにも人の良さそうな雰囲気である。年は俊次と同じ二十四歳だという。鉄道賛成派のうちの一人だ。

今晩は村長の家に泊めてもらうことになった。反対派との話し合いは明日から始まる。

「鉄道局の私を泊めてくださるんですから、お父上は懐の深いお人ですね」

「まあ、そういう一面もあるかもしれませんが……。しかし頭が固い。外国を相手に戦争をしようとしているこのご時勢に、いつまでも昔の風習を引きずっているわけにはいかんでしょう」

元義はきっぱりと言い切る。どうやら最近、日本と清《しん》の関係が悪化していることを言っているらしい。

この人は、こんな山深い村にいながら世界情勢も見ているのか。

元義は地元の政治家と村をつなぐ役目を果たしていると聞いた。村で唯一の師範学校の出で、子供たちに勉学を教えているという。村の若者の多くが鉄道賛成派なのは、元義の影響かもしれない。

村長とその息子で考え方が違うのは、いろいろ大変だろうな。

脳裏に浮かぶのは父と祖父の顔だ。いまだに武士の生き方にしがみついている祖父と、あっさり武士を捨てて商家へ婿に入った父。二人の間には深い溝がある。

俊次の父と祖父は、ただ親子仲が悪いで済むが、村長と元義はそうはいかない。なにしろ二人の意見の違いが村を二分してしまっているのだ。

「前に来ていただいた遠藤さんは、この村についてどんな風におっしゃってましたか？」

　探るような口調が気になったので、俊次は元義を見た。探りたいのはこちらの方だ。正直に答えた方が、何か引き出せるかもしれない。

「極楽村には二度と行きたくないと言っていました。極楽村という名を口に出すのも怖がっている風でしたね」

　極楽村へ出発する前に、実家へ戻った遠藤を訪ねた。村で何があったのかを改めて聞き出そうとしたのだが、具体的なことは何も答えてくれなかった。ただ、二度と行きたくない、思い出したくもないと言った。話をしている間、震えていたのが印象的だった。

　そうですか、とつぶやいた元義は小さくため息を落とした。そして気遣わしげに言う。

「何があっても驚かんといてください。恐らく、実害はありませんから」

「実害」

「ええ。必ず無事に帰っていただきます」

　真顔で言われて、俊次は瞬《まばた》きをした。

「平助さんも私を守るとおっしゃってました」

「そんなことを言いましたか」

苦笑した元義は、ふと黙り込んだ。元義の視線を追うと、小高い場所にある立派な茅葺の家の前に男が二人立っていた。

一人は元義とよく似た丸い顔の壮年の男だった。年恰好《としかっこう》から推測するに、恐らく村長だろう。

もう一人はスラリと背の高い美丈夫だ。人によってはだらしなく見えるだろう長めの髪や、無地の紺色の着物がよく似合っている。袖からわずかに覗《のぞ》く手首に、木の実でできた数珠をつけているのが見えた。俊次よりは年上のようだが、三十にはなっていないだろう。

やけに偉そうな男だな。

腕組みをしてこちらを睥睨《へいげい》している様は、隣にいる村長よりも尊大に見える。

「あちらはご兄弟ですか？」

「いえ」

「お父上と同じ鉄道反対派の方ですか」

「いえ……」

元義は口ごもる。心なしか顔色が悪い。

長身の男が賛成派なら、元義はこんな風に目をそらしたりしないだろう。つまり、賛成派でもない。

　では、誰だ。

　二人の前で立ち止まった俊次は帽子をとり、頭を下げた。

「はじめまして。若友俊次と申します。逓信省鉄道局工務課の神戸保線事務所から参りました。今日はお世話になります」

「村長の千頭安太郎《やすたろう》です。遠いとこをよう来てくださった」

　村長も丁寧に頭を下げる。

　横にいた男はといえば、頭の天から足の先までじろじろと無遠慮に俊次を眺めた。俊次も男を見つめ返した。肌の色は浅黒い。直線的な凛々《りり》しい眉、鷲《わし》か鷹《たか》のように鋭い目、スッと通った高い鼻筋、大きめの形の良い唇。それらが精悍《せいかん》な面立ちを形作っている。

　随分と迫力のある男前だな。

　父に似て涼しげな美形だと言われることが多い俊次だが、男の野趣あふれる顔つきに比べれば、印象が薄いと言わざるをえない。

「安太郎」

低く響く声で男が呼ぶ。

呼ばれた村長だけでなく、元義も背筋を伸ばした。

「話だけでも聞いてやれ」

「ですが……」

「かまわん」

短く言った男はあっさりと俊次から目をそらし、家の中へ入っていく。

村長を呼び捨てにした挙句、ぞんざいな口のきき方をするなんて、どういう男だ。

「若友さん、どうぞおあがりください」

促してきた村長に、ありがとうございますと礼を言ってから尋ねる。

「あの、先ほどの方はどなたでしょう」

「村の祭事を司《つかさど》るお方です」

「禰宜《ねぎ》様か、お坊様ですか」

「まあ、そのようなお方です」

村長は肯定しているのか否定しているのか、よくわからない曖昧な返事をして視線をそらした。ならばと元義に目をやるが、元義も顔を伏せる。

村の秘密は、さっきの男にあるのか。

鉄道に真に反対なのは村長ではなく、先ほどの男なのかもしれない。村の祭事を司る者が反対しているとなれば、信心深い者が反対しても不思議はない。

「お越しやす、どうぞこちらへ」

声をかけてきたのは土間にいた四十代半ばとおぼしき女だ。村長が女を手で示す。

「女房のフサです」

「鉄道局の若友です。お世話になります」

頭を下げると、フサも深々と頭を下げた。

「さ、若友さん、こちらへ」

村長に案内され、暖かな囲炉裏端に腰を落ち着ける。村の外観と同じく、きちんと掃除された清潔な部屋だ。山や田畑の仕事に使う道具は整然と並べられている。養蚕もやっているらしく、そのための用具もあった。生活に必要な物もきちんと収まるべき場所に収まっている。

俊次はぐるりと部屋を見渡した。奥にもうひとつ部屋があるが、戸は開け放たれている。しかし、そこには誰もいない。竈《かまど》がある広い土間にいるのはフサだけだ。

さっきの男はどこへ行ったんだ。

あれほど長身の男が、どこへ隠れるというのか。

裏から出て行ったのか？　――しかしこの家には裏口などないようだ。

「若友さん、道中お疲れになったでしょう。今日は幸い晴れましたが、昨日までずっと雨が降り続いてましたよって、余計に歩きにくかったんやないですか」

辺りを見まわす俊次に、囲炉裏を挟んだ正面に腰かけた村長が声をかけてくる。元義は右斜め前に座った。

「ええ、大変な山道でしたね。体力はある方だと思っていましたけど、さすがに疲れました」

「そうでしょう、そうでしょう」

どうぞ、とフサが湯気をたてる椀《わん》と箸を差し出してくれる。味噌《みそ》の香りがした。

「ありがとうございます。旨《うま》そうだ」

いただきます、と手を合わせてから味噌汁をすする。腹に熱い汁が落ちるのがはっきりとわかった。大根や菜の他に、鹿か鳥の肉が入っているらしい。濃厚な山の味が体に染みる。思わず、旨いとつぶやくと、フサは笑顔になった。

「これもどうですか」

今度は握り飯が差し出された。いただきますと礼を言って遠慮なく手にとる。ばくりとかぶりつく。粟《あわ》が入っているようだが、これも旨い。

夢中で頬張ると、ふいに強い風が吹いた。戸が開け放たれたのかと出入り口を見遣《みや》る。

しかし戸は閉まっており、心張り棒《しんばりぼう》がしっかりと据えられていた。

「敵側の出す飯をそんなにあっさり食って、おまえはばかなのか」

低い声が正面から聞こえてきて、俊次は勢いよく振り返った。

いつのまにか、先ほどの美丈夫が村長の横に胡坐《あぐら》をかいていた。自らの膝の上に肘をつき、顎を手で支えてこちらを見遣る姿は、やはり偉そうだ。

今までどこにもいなかったよな？

少なくとも味噌汁を受け取ったとき、村長の隣には誰もいなかった。いなかったですよね？　と村長と元義に尋ねたかったが、それぞれうつむいており、こちらを見てくれない。フサも竈がある土間へ下りてしまっている。

僕が疲れていて気付かなかったのか……？

とにかく男は今、確かに目の前にいる。

「私は敵とは思っていませんので」

気を取り直して答えると、男は瞬きをした。

「なぜだ。おまえはこの村に鉄道を通しに来たんだろう。安太郎は通さないと言っているんだぞ」

「世の中、いろいろな考えの人がいて当然です。ましてや鉄道は、今までの日本にはなかった全く新しいものだ。受け入れられない人がいても不思議はない」

「鉄道が通らなくてもいいということか？」

「私はそれでいいと思っています」

気が付けば、鉄道局の官吏としては決して表に出してはいけない本音を口にしていた。

案の定、男はわずかに目を見開く。村長と元義も呆気《あっけ》にとられている。

大勢の人間が説得してもだめだったのだ。上も俊次が説得できるとは思っていまい。いっそのこと本音を言ってしまった方がいい気がして続ける。

「鉄道で他の地域とつながった場合、もちろん良いものも入ってくるでしょうが、悪いものも入ってくる。村長さんは風紀の乱れを気にしておられると聞きましたが、悪いものはそれだけじゃない。犯罪者や病気の侵入も容易になります。いいことばかりではありません」

は、はい、と村長は慌てたように頷く。

「おっしゃる通りです。ええことばっかりやない。悪いこともたくさんある」

「けど、ええことの方が多いでしょう。若友さんが今おっしゃった悪いことなんて、鉄道が通る利点に比べれば瑣末《さまつ》なことや」

すかさず言い返した元義に、村長はカッと目を見開いた。

「またおまえはそういうことをタカオ様の前で……！　犯罪や病のどこが瑣末や！」

「よせ、安太郎」

息子に食ってかかった村長を止めたのは、黙ってやりとりを聞いていた男だ。

すると、元義は不満そうにしながらも黙った。男――タカオという名前らしい――ににらまれ、黙らざるをえなかったようだ。

村長さん、タカオ様って呼んだな。

祭事を執り行う者は、村長より立場が上らしい。

しかし先ほどから聞いている限りでは、タカオの言葉には訛《なま》りがない。もともとは他所《よそ》者なのだろうか。

思わずじっと見つめると、タカオはこちらを向いた。

「おまえ、鉄道を通すのが仕事なんだろう。それなのに鉄道の悪いところを説くのか」

真面目な口調で問われ、俊次はまっすぐに男を見つめ返した。

「鉄道が通ることの利点は、政治家の方からたくさん聞いておられるでしょう。元義さんからもお聞きになっていますよね。でも、いいことばかり言って良くないことを黙っているのは公平じゃない。私はどちらも聞いた上で、どうするか決めるのが本当だと思います」

今の世の中、否応《いやおう》なしに受け入れなくてはいけないことの方が圧倒的に多い。決められるだけましだ。

それに、鉄道が嫌われるのは本意ではない。あの勇壮で美しい乗り物を、憎しみの対象として見てほしくない。

男は俊次を見つめたままだったが、村長は息子に視線を移した。元義は今度は反論せず、ただうつむく。もしかしたら鉄道が通ることの利点しか説明してこなかったのかもしれない。

ははっと唐突に男が笑った。闊達《かったつ》な笑い声に、村長とフサ、そして元義はびくりと体を震わせる。

「おまえ、おもしろい奴《やつ》だな。気に入ったぞ。飯を中断させて悪かった。さあ食え」

「あ、はい。ありがとうございます」

今更ながら空腹だったことを思い出して、手に持ったままだった握り飯を頬張る。

すると、なぜか村長と元義はぎょっとしてこちらを見た。

飯を食ったのが悪いのか？

不審に思いつつ味噌汁をすする。少し冷めてしまったが、やはり旨い。

ふいにまた強い風が吹きつけてきて思わず顔を上げると、男の姿はなかった。

——消えた。

驚いて周囲を見まわす。やはりどこにもいない。

立ち上がった気配はなかった。屋外へ歩いていった気配もなかった。ただ風が吹いただけだ。

床に仕掛けでもあるのか。だとしたら板張りの床に振動が伝わってくるはずだが、床はぴくりとも動かなかった。音もしなかった。

しかし村長もフサも元義も、驚きの声ひとつあげない。

さすがに背中がひやりとする。

「あの、今の方は」

「……帰られました」

ため息まじりに応じたのは村長だった。元義はうつむいたままだ。

帰るってどこへだ、と思ったが、口に出す前に村長は続けた。

「若友さん、お若いのに豪胆ですな」

「え、何がですか」

「タカオ様と対等に話されたでしょう」

「はあ、まあ、そうですが」

「皆さん、あの方と対されただけでお帰りになりましたさかい。それやのにそんな風に飯まで召し上がらはって」

「はあ……」

態度は限りなく偉そうだったが、話のわからない男ではなかったと思う。学校や職場で、偉そうな上に人の話をこれっぽちも聞かない人間をたくさん見てきたので、話が通じるだけでも上等だ。

でも、村長さんの話を信じるなら、遠藤さんはタカオさんに会っただけで怯《ひる》んで帰ってきたんだよな。

あの男は何者だ。

飯を食べ終わった後、風呂にも入らせてもらった俊次は、それ以上は村長と話さず休むことになった。

俊次が泊まる場所として案内されたのは、小さな離れである。母屋と同じしっかりとした造りで、隙間風もほとんど入らない。しかも炭を熾《おこ》した火鉢と、田舎の農村には大変珍しい綿入りの布団も用意されており、快適だった。前に来た政治家や官吏たちも、酷《ひど》い扱いを受けたわけではなかったのだろう。

やっぱりタカオが原因か。

唐突に現れたかと思えば、まるで煙のように消える。その上、あの眼光の鋭さだ。恐ろしいと感じても不思議はない。

俊次は温かな布団の中で寝返りを打った。

山奥の村には各々信仰する神がいたり、独特の禁忌や風習があると聞く。今の世の中、そんなものは時代遅れだとばかにする者がほとんどだ。元義も昔の風習は捨てるべきだと思っているようだったが、俊次は賛成しかねる。

確かに古いものにばかり囚《とら》われているのは良くない。しかし信心して禁忌を守ってきたことで、長い間生活が成り立ってきたのだ。そこには何らかの意味があるのではないか。

ふいに父の顔が脳裏に浮かんだ。

あまり父上に感化されるなよ。あの人は江戸にあっても時代遅れだったんだ。明治になった今は、時代遅れどころか完全な遺物だ。

あきれたような、それでいて憤るような父の声が耳に甦《よみがえ》る。

祖父は江戸の侍には珍しく、武術の修練に熱心だった。流派の中でも一目置かれる存在だったため、維新後、新政府に不満を持つ不平士族たちの反乱に加わるよう誘いもあったと聞く。新政府にも目をつけられ、警察組織ができるまで密偵機関の役割を果たしていた監部の者が張り付いていた時期もあったらしい。

父が継いだ母の実家の貿易会社も、当初は不平士族の資金源ではないかと疑われていたようだ。父の憤りの原因は、恐らくこの辺りにあったのだろう。もっともこちらは、ずっと江戸で商売をしてきた母方の祖父の人徳と人望と実績、そして新政府に仕官した父の友人がかばってくれたことが功を奏し、早い段階で疑いは晴れたと聞いている。

しかし祖父は結局、反乱軍に加わることはなかった。跡取り息子がいち早く大きな商家へ婿入りした祖父を、拝金主義と蔑む不平士族が多かったせいだ。

そんな祖父に、俊次は幼い頃から武術の指導を受けた。単純に武術がおもしろかったのと、子供心に祖父が寂しがっており、俊次が来るのを楽しみにしているのがわかったから、熱心に通った。

父はそのことを良く思っていなかった。武術など役に立たないという理由の他に、何より武士にしがみつく祖父の考え方に影響を受けてほしくなかったのだろう。俊次が跡取りだったなら、祖父のところに出入りするのを禁じられていたかもしれない。

祖父は今も明治維新を「瓦解」と呼び、いまだに徳川幕府の再興を願っている御仁である。一昨年《おととし》、祖母が病で亡くなってから余計に意固地《いこじ》になった。父を親不孝と罵《なじ》り、現政府――薩長政府の下で働く俊次を不忠者と詰る。

しかし多くの元武士が食いつめて貧しい生活を送っている中、祖父が何不自由なく暮らしていけているのは、父と母からの仕送りがあるからだ。病に罹った祖母が充分な治療を受けられたのも、父が惜しみなく金を出したおかげである。

我知らずため息が漏れた。

父さんの言い分もわかるし、祖父様《じい》の気持ちもわかる。だからどっちの味方もできない。

いまだにいかにも箱入り娘といったふんわりした空気を纏った母は、俊次は人の痛みがわかる優しい子ねと褒めてくれるが、中途半端だとも言える。

　結局のところ、損得や正誤ではなく、好きか嫌いか、興味があるかないか、という極めて個人的な感覚で物事を決めるしかなかった。もしかしたら他に方法があったのかもしれないが、俊次にはそうするより他ないように思えた。野望や志があれば、それらを叶《かな》えるために行動したのだろうが、生憎《あいにく》俊次にはどちらもなかったのだ。

　そもそも鉄道局で働きたいと思ったのも、初めて蒸気機関車を見たときの衝撃が忘れられなかったからである。二十四年の人生で、あれほど強烈に頭と心に刻みつけられたものはなかった。残念ながら理系の教科が苦手で技師にはなれなかったが、とにかく汽車が走るところを見ていたい。ただそれだけの理由で、私立学校で理財学を学んだ後、出世できないとわかっていながら官吏の試験を受けた。無事合格し、鉄道局に入れたはいいが、案の定、兵庫県の神戸保線事務所に飛ばされた。それでも鉄道に関わっていられるだけで満足だった。

　父に商売を教えた母方の祖父は、俊次らしい選択だなと言ってくれたが、父と兄にはおまえの考えていることはよくわからないとあきれられた。もっとも、それは幼い頃から散々言われてきたことだ。

　己ほど説得に不向きな人間はいないと俊次は思う。僕は鉄道が好きなんです、という主張ならいくらでもできるのだが。

「おい」

ふいに脇で声がして、俊次はハッと目を見開いた。考えるより先に声の方へ布団をはね上げ、できる限り距離をとって構える。

あっさりと布団を退《ど》け、何事もなかったかのように胡坐をかいていたのはタカオだ。

どっと全身に冷や汗が噴き出す。

いつ入った。どうやって入った？

内側から心張り棒をかけたから、外からは開けられないはずだ。

「おまえ、武術の心得があるんだな」

おもしろがる物言いに、俊次は構えたまま答えた。

「祖父に習った」

「おまえの祖父様は武士か」

「ああ、元、だけどな」

話をしながらも体から緊張が抜けないのは、窓からわずかに差し込む月明かりしか光源がないのに、目の前にいる男がやけにはっきりと見えるせいだ。紺色の着物に包まれたひきしまった体躯《たいく》、野性味あふれる精悍な面立ち、全てが鮮明に見える。

光っているわけでもないのに、何だこれは。

息がうっすらと見えるほど寒いにもかかわらず、じわりと冷や汗が滲《にじ》む。

「何かご用ですか?」

改めて敬語に戻し、努めて冷静に尋ねると、タカオはにたりと笑った。

まずい。

そう思った次の瞬間、タカオに肩をつかまれた。逆らわずに身を任せつつその腕をつかみ、倒れながらタカオを引き倒す。が、タカオは体を反転させ、またつかみかかってくる。

鉄道局で働きだしてから祖父のところへ行くことは減ったものの、自分なりに鍛えていたおかげだろう、体は自然に動いた。相手に逆らうのではなく、相手の力を利用して反撃する。急所を狙うが相手もさるもの、逆に隙をついて急所を狙われる。

俊次をなかなか組み伏せられないので、タカオが苛立《いらだ》ってくるのがわかった。刹那、人間業とは思えない速さで襟元をつかまれる。そのまま物凄い力で壁に押しつけられ、ドン、と背中が派手な音をたてた。

「つーかまえた」

悪戯《いたずら》に成功した子供のような物言いと共に、タカオの顔が間近に迫る。鋭い光を放つ瞳は青みがかって見えた。俊次は肩で息をしているが、タカオは息ひとつ乱していない。

どんな鍛え方をしているんだ。

ぞっと背筋に寒気が走るのを感じながらもにらみつけると、タカオは満足そうに笑った。右手がゆっくりと上がる。

殴られる。

反射的に引いた顎をつかまれた。強い力で顎を上げさせられる。カッと開いた口が近付いてきて、俊次は咄嗟《とっさ》に掌《てのひら》でタカオの顎を横殴りにした。見事に急所に入り、ドタン！　と派手な音をたててタカオが床に転がる。

僕がおとなしくなったから、油断してたな。

祖父に体術を習っていてよかった。抵抗できたこともだが、咄嗟に命を奪わないように力を加減できたことも幸運だった。相手が襲ってきたとはいえ、殺《あや》めてしまったら大変なことになる。

古いものだからといってばかにしてはいけませんよ、父さん。

心の内で父に語りかけつつ襟元を正していると、ふいにタカオがむくりと体を起こした。

まさかこんなに早く起き上がるとは思わなかったので、うわ！　と声をあげてしま

う。

その声が耳に届いたらしく、タカオがこちらに向き直った。顎を押さえてにらみつけてくる。涙目だ。

「痛いぞ」

「……そりゃ、痛いだろ」

完全に急所に入ったから、本当なら痛いどころではないはずだ。起き上がって口をきいていること自体、奇跡である。

「痛い」

自分が襲いかかってきたくせに、タカオは恨みがましくつぶやいた。母屋で話をしたときより妙に子供っぽい。

「おまえ、こうやって遠藤さんも追い返したのか?」

「エンドー?」

「僕の前にここへ来た、神戸保線事務所の官吏だよ」

「ばかを言うな。俺にだって好みはある」

「おまえは人を殴るのに選《よ》り好みをするのか」

眉を寄せて問うと、タカオはきょとんと目を丸くした。

「殴る？」

「僕を殴ろうとしただろ」

「いや」

「いやって、今押さえつけて殴ろうとしただろうが」

「だから違うと言っている。俺はおまえを手籠《てご》めにしようとしたんだ」

「ああ、なんだ、手籠めか。手籠め？」

一度はほっと息をついた俊次だったが、思わずくり返した。

ああとタカオはあっさり頷く。

「おまえの顔は好みだ。気性もおもしろいから嫁にとることにした」

突然出てきた嫁という言葉に、はあ？　と頓狂な声が漏れた。ここに女はいない。

「嫁って誰のことだ」

「おまえに決まってるだろう。他に誰がいるんだ」

「僕は男だぞ」

「俺は気にしない」

どうだ、心が広いだろう。そう言わんばかりに胸を張ったタカオに、はあ？　とまた声が出てしまう。

「そこは最も気にせねばならんところだろう。というか、おまえは嫁にしたい女性をいきなり襲うのか。最低だな」

「なんだ、優しくしてほしかったのか」

「そういう問題じゃない」

「じゃあどういう問題だ。俺がおまえの嫁になればいいのか？」

「おまえのような嫁は嫌だ」

論点がずれてきていることに気付いていたが、それは本当に嫌だと思ったのできっぱり言う。同性を愛する男がいることは知っている。学校で深い仲になっていた同級生がいたし、俊次も上級生に告白された経験がある。

そういう人もいるのだなと思っただけで特に嫌悪は覚えなかったが、俊次自身は男が好きなわけではない。もちろん男に嫁ぐつもりなどないし、嫁にするつもりも毛頭ない。

するとタカオは拒まれたというのに、楽しげに笑った。

「はっきりものを言うところもいいな。体術を習得しているのも気に入った。剣術もやるのか」

「ああ、棒術と弓術と忍術も少し。いやだから、ちょっと待て。いったいどういうことなんだ。そもそもおまえは何者だ」

改めて構えつつ鋭く問う。部屋は相変わらず暗いが、やはりタカオの姿ははっきりと見える。完全に急所に入ったにもかかわらず、すぐに起き出して何事もなかったかのように話し出しているところも普通ではない。しかも忽然《こつぜん》と現れ、一瞬の後には消える。

人間、じゃないのか。

人間ではないなら、何だ。

「俺はタカオ。鷹に男と書く」

男——鷹男《たかお》はもっともらしく名乗る。

しかし、知りたいのは名ではない。

「名はいい。おまえは何者だと聞いている」

「何者、か」

くり返した鷹男は薄く笑った。先ほど俊次の顎をつかんだ長い指で、自らの手首にはめられている木の実の数珠を摩《さす》る。

「俺にもよくわからんのだ。もともとは人だったはずなんだが、もう随分と長い間この村にいる」

「長い間とはどれくらいだ」

「さあな。安太郎の父親の父親の父親の顔ははっきりと覚えている。それより前はおぼろだ」

それだけ長い間、生きているということか。

どんな妙な出来事でも、そういうこともあるだろうととりあえず受け入れてしまう俊次だが、にわかには信じられなかった。思わずまじまじと鷹男を見つめる。

ともあれ、この男が尋常でないことは、今までの出来事から明らかだ。

「おまえは神か」

「そう呼ぶ者もいるな」

「神ではないのなら、妖《あやかし》か」

「そう呼ぶ者もいる」

鷹男の答えに、俊次は眉を寄せた。

「つまり、わからないんだな」

「さっきそう言っただろう」

どこまでも偉そうに言った鷹男は、鋭い瞳をまっすぐ俊次に向けた。

「そう言うおまえこそ何者だ」

「僕は人間だ」

「人は人だろうが、俺を跳ね飛ばす奴が並みの人なわけがない。おまえの祖先に特別な力を持った人がいるはずだ」

「そんな話は聞いたことがないが……」

父の家系も母の家系も四代くらいは遡れるはずだ。が、それ以前のことはよくわからない。

「まあいい。俺の嫁にはそれくらいの方が相応《ふさわ》しい」

「だから嫁にはならんと言っているだろう」

すかさず拒絶すると、鷹男はまた笑った。楽しそうな上に嬉しそうだ。

「今日のところは帰る。外に何人か寝ているから、風邪をひく前に起こしてやれ。じゃあまたな」

鷹男が言うなり、唐突に強い風が吹いた。

咄嗟に目を閉じた後、慌てて瞼《まぶた》を持ち上げる。

そこにはもう、鷹男の姿はなかった。少しずつ薄くなる、ではなく、本当に唐突に目の前からいなくなった。

俊次はごしごしと目をこすった。

夢、か？

しかし掛け布団は吹き飛んでいるし、先ほどの格闘の跡が腕にうっすらと残っている。まだ体のあちこちにじんじんと痺《しび》れている箇所がある。――夢ではない。

外で人の気配がして、俊次はハッとした。慌てて戸に駆け寄る。心張り棒がしっかりかかっていることに気付いて背筋が凍った。

あいつ、本当に人間じゃないんだ。

寒気を追い払うため、いささか乱暴に戸を開け放つと、数人の若者が倒れていた。元義と平助の他に、出迎えてくれた鉄道賛成派の若者が二人いる。

俊次は慌てて一番近くに倒れていた平助の側《そば》に膝をついた。

「平助さん、平助さん！　大丈夫ですか？」

揺り動かすと、ううと平助はうなった。ゆっくり目を開け、ぼんやりと俊次を見上げる。刹那、勢いよく起き上がった。

「わ、若友さん！　ご無事でっか！」

「私は無事です。無事じゃないのは皆さんの方ですよ」

「いや、これは、面目ない……。若友さんをお守りしようと見張っておったんですが、いつのまにか寝てしもて……」

平助が答えている間に元義たちも目を覚ました。各々体を起こし、どうした、どうなったんや、と声をあげる。痛がっている様子はないので、殴られたり蹴られたりしたわけではなく、眠らされていただけのようだ。

ほっと息をついた次の瞬間、また背筋が冷えた。

これもあの男がやったのか。

村の鉄道賛成派も、政治家も地方政府も、鉄道局の官吏も、反対派を説得できなくて当然だ。

相手は人ではないのだ。人の理屈は通じない。

俊次が目を覚ましたのは、まだ夜が明けきらない早朝だった。眠りが浅かったせいか、二度寝する気になれなかったので起き出した。寒さに身震いしながら布団を畳み、着替える。

外からはチュンチュンと鳥の鳴き声が聞こえていた。コケッコー、と鶏が鳴く声もする。のどかだ。

昨夜の出来事は夢だったんだろうか。

そう思って苦笑する。

夢であるわけがない。鷹男と格闘したこと、手籠めだの嫁だのとふざけた話をされたこと、全てはっきりと覚えている。鷹男が去った後、元義や平助と話したことも覚えている。

夢だと思いたいのか、僕は。

人以外のものと対峙《たいじ》するのは初めてだったから、さすがに動揺しているのかもしれない。

「参ったな……」

このまま帰ったとしても、きっと誰も文句は言わないだろう。実際、遠藤は一日で帰ってきたのだ。しかしまだ、村長以外の反対派に鉄道の話をしていない。

俊次は大きく深呼吸をした。鉄道局の職員として、やるべきことはやらねばならない。

とにかく、顔を洗おう。

荷物から取り出した手拭いを肩にかけ、戸を開ける。たちまち、木々のにおいが濃密に溶け込んだ冷たい空気が全身を包んだ。気持ちがいい。

日はまだ昇っていなかった。東の空は薄桃色に染まっているが、西の空にはまだ夜の気配が残っている。

置いてあった下駄《げた》を拝借して母屋へ向かうと、ちょうどフサが出てきた。こちらに気付かず鶏が歩く庭を横切り、表へ出る。どこへ行くのかと俊次は後を追った。

ちんまりとした後ろ姿はすぐに立ち止まった。東の方角へ向かって手を合わせ、深く頭を下げる。

その後ろ姿が祖父と重なった。祖父も毎日、朝一番に神棚に手を合わせていた。

祖父様、元気かな。

鉄道局に勤めてから、ほとんど話をしていない。今年の正月に訪ねたときも、不忠者に用はないと追い返されてしまった。

頭を上げたフサは、ようやく俊次に気付いた。おはようございますと慌てて挨拶をしてくる。

「昨夜はようお休みになれましたか？」

「ああ、はい。おかげさまで」

俊次は笑顔で応じた。昨夜の騒動に、村長とフサは気付かなかったようだ。それも鷹男の仕業かもしれない。

「さっき、何にお参りをされていたんですか？」

「へぇ、鷹男様に。この村に何百年も天災やら病やらがないんは、鷹男様のおかげですから。一昨日まで降り続いてた雨も、鷹男様が止めてくださったんですよ」

熱のこもった口調で言ったフサの視線を追う。東の山の中腹に、社《やしろ》のような木造の建物が見えた。

いくら人外でも、鷹男にそこまでの力があるのか。ただ幸運だっただけではないのか？

しかし、そんな幸運はありえないことを俊次は知っている。

俊次が九つのときに大流行したコレラは、その後も度々日本を襲った。コレラだけではない。天然痘、赤痢、チフス等々、たくさんの疫病が流行し、多くの人が命を落とした。台風、地震、洪水、干ばつ、作物の病。天災も毎年のようにどこかで起こっている。

それらが本当に百年以上一度もないのだとしたら、幸運という言葉では片付けられない。何らかの力が働いていると考える方が妥当だ。少なくとも村長の妻であるフサは、鷹男のおかげだと信じている。

「鉄道が通るトンネルは、鷹男様がお住まいのお山に穴をあけて造るそうなんです」

ぽつりと言われて、ああ、と俊次は頷いた。計画書の図面では、村の東部に位置する山にトンネルが通っていた。が、その山に社があることは記されていなかった。

東の山の名義は、村長である安太郎になっている。だから政治家も地方政府も、鉄道を通すことができないのだ。なにしろ日本は欧米と同じ近代国家――つまり、法治国家として歩みつつあるのだから。

「それは、困りますね」

「はい。あのお山は鷹男様のお住まいなんです。村の者《もん》でもお山に入れるのは限られた日ぃだけやのに、穴をあけるやなんて……」

フサは不安げに眉を寄せる。

鉄道反対派は村の風紀が乱れるのを問題視しているのではなく、今まで無縁だったあらゆる天災や疫病が村に襲いかかってくることを恐れているのかもしれない。

逆を言えば、賛成派の元義さんたちは鷹男の力を信じてないのか。

「村の女の方たちは、鉄道をどう思っておられますか」

村に住むのは男だけではない。女子供もだ。

そんな考えから出た問いかけだったが、フサは目を丸くした。もしかしたら意見を求められたのは初めてなのかもしれない。わずかに頬を緩めて答える。

「いろいろです。でも家長が賛成て言うさかい、ほんまは反対やのに賛成て言うてる者もおるし、逆もあると思います。けどそれは男も同じかもしれません。親戚関係やら何やらで、本心とは違うことを言うてる者もおるでしょう。ですから、男も女もほんまのとこはようわかりません」

「なるほど」

頷いた俊次は、聡明《そうめい》な人だなと思った。物事がよく見えている。

フサは静かな口調で続けた。

「私は、お山に穴をあけるやなんて恐れ多いことやと思います。けど、元義の気持ちもわかるんです。あの子は小学校がある隣り村まで、毎日片道一刻の山道を通いました。一旦は村を出て上の学校へ行ったんも、あの子なりに村を良うしようて考えたからですよって」

フサが言い終えたそのとき、一筋の光が差した。反射的に東を向く。

太陽がじわりと顔を出していた。ゆっくりと昇る日が眩《まぶ》しくて西に顔を背ける。

村長の家が高台にあるせいで、村が一望できた。道に出ていた数人の村人が、東の山に向かって手を合わせているのが見える。

毎日、こうやって拝んでいるのか……。

明治になって新政府が神仏分離令を出したことがきっかけとなり、寺院や仏像を破壊する運動が全国に広がった。地域によっては凄《すさ》まじい破壊が行われたと聞く。既得権益を貪っていた僧侶も多かったから、自業自得な面もあったのだが、なんともばかしいことをしたものだと俊次は思う。フサのように、ただまっすぐに、純粋に、仏を信じていた者もいただろうに。

ともあれ、極楽村には寺がない。僧もいない。鷹男は仏ではないから、昔からの信仰がそのまま残っているのだ。

そうですね、と俊次はつぶやいた。

「鉄道に賛成する人も反対する人も、どっちが間違っていて、どっちが正しいというわけじゃない」

頷いてみせると、フサは改めてこちらを見上げた。まっとうにこつこつと日々を重ねてきた者にしか持ち得ない、透明な色がその瞳に映っている。

「若友さんは不思議なお方ですな。鉄道を通さんと、お立場が悪うなるんやないですか」

「まあ、そうなんですが。もともと私は官吏の高等官の中でも下っ端なんです。守らなくてはいけない立場というものがない」

「今はまだお若いさかい下のお立場かもしれませんが、先々は上にお立ちにならはるんでしょう」

「それはないですね。たぶんずっとこのままだと思いますよ」

苦笑すると同時に、ぐうう、と腹が鳴った。フサは驚いたように目を丸くした後、笑顔になる。

「すんません、すぐにご飯の支度をしますさかい。そこの井戸で顔を洗《あろ》てください」

「はい、ありがとうございます」

礼を言って、家に戻るフサを見送る。そして再び東の山を見上げた。

あの男は、あそこから何百年もの間、村を見守ってきたんだろうか。

何百年というのが嘘《うそ》だとしても、それなりに長い時間、この村にいることは確かのようだ。

山に穴をあける計画に賛成する者が出てきた今、鷹男はどんな気持ちでいるのだろう。

反対派との話し合いは夕方以降ということになった。皆、昼間は仕事で忙しいのだ。鉄道計画に賛成にしろ反対にしろ、そればかり考えているわけにはいかない。日々を生きていかねばならない。

俊次は帽子のつばを上げ、目の前にある山を見上げた。これから本格的な春を迎えようとする緑は明るく、目に眩しい。こんもりと木が茂った外観は、周囲の山々と変わらない。

他の山と異なるところといえば、入口にしめ縄が張ってあることだろう。この山が信仰の対象なのだと教えてくれる。

俊次が社へ行ってみることにしたのは、鷹男が住んでいる場所を間近で見てみたかったからだ。持ち前の好奇心は、鷹男の不思議を前にしても衰えなかった。

しかし村長はうろたえた。今日はお山に入ってはいかん日ぃですよって、外から見るだけやったら……。中には入りませんからと約束している様子を見ていた元義はといえば、俊次が鷹男を全く恐れていないことに驚いたようだ。若友さんやったら鷹男様を説得できるかもしれませんな、と期待を込めた目を向けてきた。

説得できるかどうかは、また別の話だと思うけど。

ため息を落としたそのとき、唐突に強い風が吹いた。あ、と思ったときにはもう、背後からぴったりと抱きつかれていた。

「なんだ、やっぱり嫁にきたのか」

低く響く声を耳に吹き込まれ、驚きのあまり硬直してしまう。

その間に、男の骨ばった大きな手が胸や腹を撫《な》でまわした。

「武術をやっているだけあって、細身だがひきしまっているな。なかなかいいぞ。香りも俺好みだ」

柔らかな感触に首筋を撫でられ、背筋がぞわっと震えた。それを合図に体が動く。

腕をまわして男をふりほどき、肘を思い切り後ろへ突き出す。手ごたえがない。帽子が脱げるのにかまわず、振り向きざま蹴りを入れる。が、紺色の着物を纏った男は後ろへ飛び退《すさ》り、それも避《よ》けた。

「残念、当たらないぞ」

ぞ、という語尾が耳に入ると同時に距離をつめ、鷹男の足先を踏みつけ、腹に拳を突き入れる。

ぐふ、というくぐもった声を漏らし、鷹男はがっくりと膝をついた。

「……痛い」

「痛いに決まっている。思い切りやったんだからな」

「なぜだ……」

「おまえがいきなり抱きついてくるからだろう！」

怒りを隠さずに言うと、鷹男はうずくまったままこちらを上目で見上げた。完全に涙目である。

本当なら、痛みで身動きひとつできないはずだ。本気でやったから気絶してもおかしくない。

しかし鷹男は苦しそうにしながらも口を開く。

「そうじゃない……。いくらおまえが特別な血を引いていると言っても、こうも見事にやられるとは……。さすがは俺の嫁……」

「僕は嫁じゃない！」

「つれないな……」

ううと苦しそうにうなったものの、鷹男は立ち上がった。

こいつはやっぱり普通の人間じゃない。

改めて実感して身構える。

痛みを逃すように大きく息を吐いた鷹男は、こちらに向き直った。

「嫁に来たわけじゃないのなら、鉄道を通せと言いに来たのか？」

「だから、僕は通っても通らなくても、どちらでもいいと言っただろう」

「しかし鉄道を通すのがおまえの役目なのだろう。計画が頓挫したら大変なことになるんじゃないのか」

「まあ、それはそうだが。この村がどうしても鉄道を通したくないと言うのなら、技師が村を迂回《うかい》する経路を考えるはずだ。計画そのものが頓挫することはない」

「そんな単純なものか？　この村を通すのが最も効率的だから、ここにこだわっているんだろう。迂回すれば手間がかかる。金も余計にかかる。それはおまえたちの望むところではないだろう」

やけに現実的な言葉を淡々と口にした鷹男を、俊次はまじまじと見つめた。

政府は全国に鉄道を敷設するため、莫大《ばくだい》な予算を国庫から捻出している。が、国全体が列強に追いつこうとしている今、資金が必要なのは鉄道だけではない。鉄道にかけられる金には限界がある。そのため、国家事業としての鉄道にこだわっていた政府も、仕方なく資金が豊富な私設の鉄道会社を認めたくらいだ。

黙ったまま見つめ続けたせいだろう、なんだ、という風に鷹男は首を傾げる。

「おまえ、何がなんでも鉄道反対というわけではないのか」

「なぜそう思う」

「本当に反対なら、こんな風に僕と口をきく必要はない。ただ脅して帰らせればいいだけだ」

「昨日、充分脅したつもりだったんだがな」

「そうなのか？　じゃあ嫁に来いだのなんだの言っていたのも脅しか」

「それは脅しじゃない。本気だ」

「何度も言っているが、僕は嫁にはならんぞ。おまえを嫁にもらう気もない」

　真顔で言われたので、こちらも真顔で返す。

　すると鷹男は楽しげに笑った。

「前に来た奴らは俺が顔を見せただけで怯《おび》えて帰ったというのに、本当におもしろい奴だな。おまえ、この村でどんな目に遭ったのか、仲間に聞いてこなかったのか」

「聞いていない」

　今の世の中、妖を見たなどと言えば時代遅れとばかにされる。だから誰も本当のことは言えなかったのだろう。

「しかし鷹男、おまえは誰も怪我《けが》をさせたりはしていないよな。その気になれば人を殺《あや》めることもできるだろうに、なぜそうしない」

「そんなことをしたら、この村が異端と見なされる。危険だから放っておこうと思わればいいが、山に大きな穴をあけて、鉄の乗り物をその穴に通そうとするのが今の世の中だ。へたをしたら、わけのわからん武器で村そのものを滅してしまおうと言い出す者が出てくるかもしれん。だから人を殺《あや》めたりはせん」

今日も手首につけている数珠を撫でつつ落ち着いた口調で言った鷹男を、俊次は再びじっと見つめた。

状況がよく見えている上に、筋が通っている。しかもその筋は、単に己の住まいを守るための筋というより、村を守るための筋だ。

「おまえ、本当にこの村の守り神なんだな」

「惚《ほ》れたか？」

傲慢に問われ、いや、と首を横に振る。

「急に抱きついてくるような不埒《ふらち》な輩《やから》に惚れるわけがないだろう。しかし少しだけ感心した」

「少しか」

はは、と鷹男は快活に笑った。

ああ、こうやって笑うと意外と普通の男というか、愛嬌《あいきょう》があるな。

精悍な面立ちが魅力的に映る。

いつのまにか体から緊張が抜けていた。それを知ってか知らずか、鷹男は地面に落ちたままになっていた帽子を拾い、渡してくれる。

ありがとうと礼を言って受け取った手を、唐突に握られた。

「来い。村を案内してやる」

「え、ああ、ありがとう。しかし手は放せ」

「嫌だ」

きっぱりと拒絶され、俊次は呆気にとられた。

なんだ、このどうしようもない助平野郎《すけべ》と思慮深い年寄りと、年端もいかない子供が交じり合ったような男は。

手を引かれながら、俊次は自然と笑っていた。恐ろしいというより、なんだかおかしくなってしまったのだ。

「美しい村だな」

思わずつぶやくと、そうだろう、と鷹男は嬉しそうに応じる。

改めて見ても、最初に抱いた印象は変わらなかった。

村は田植えの真っ最中だ。水が張られた田は、明るい日差しを反射してキラキラと輝いている。そこへ入った男女が次々に苗を植えていく。子供の姿もちらほらと見えた。農村では特別なことではない。子供も貴重な労働力なのだ。

鷹男が通ると、深く頭を下げる者がいる一方で、無視をする者もいた。否、無視するのではなく、ばつが悪くて見られないという感じだ。恐らく鉄道賛成派だろう。

「この村には天災がないそうだな。不作だったこともないのか」

俊次の問いに、鷹男はあっさり頷く。

「俺が村に来てからはないな」

「おまえが守っているからか」

「さあ、どうだろう」

鷹男はこちらを見てにやりと笑った。

手は放してくれたが、鷹男は隣を歩いている。しっかりと大地を踏みしめている様は、やはりごく普通の男にしか見えない。

「たかおさま、たかおさま」

幼い声が背後から聞こえてきて、鷹男は振り返った。おかっぱ頭の三つか四つくらいの女の子が駆けてくる。

「どうした、てる」

「あんな、これ、お母ちゃんが、どうぞって」

しゃがみ込んだ鷹男に、紅葉《もみじ》のように小さな手が竹の皮の包みを差し出した。鷹男は躊躇《ためら》うことなく包みを受け取る。

「ありがとう。お母ちゃんにお礼を言っておいてくれ」

「はい！」

頷いた少女の頭を、鷹男は優しく撫でた。少女は丸い頬を赤く染める。嬉しそうで、誇らしそうだ。

鷹男が守り神だとしたら、こうした一面もあって当然だが、俊次は少し驚いた。平助さんや元義さんたちは鷹男を恐れているようだったけれど、村の人にとっては恐ろしいだけの神ではないんだな。

俊次の視線に気付いたらしく、少女はふとこちらを見上げた。帽子や洋服が珍しいのか、大きな目がいっぱいに開かれる。

「だあれ？」

「俺の嫁だ」

当然のように答えた鷹男に、俊次はぎょっとした。てるは首を傾げる。

「たかおさまのおよめさん？」

「そうだ。なかなかの佳人だろう」

「かじん？」

ちょっと待て、という俊次の制止を意に介さず、鷹男はてるとの会話を続ける。

「佳人というのは、美しい人という意味だ」

「かじん。かじんですね！」

「そうだろう」

「おまえ、小さい子相手に何を言ってるんだ」

威張って答えた鷹男を今度こそ強く遮り、俊次は鷹男の隣に屈《かが》んだ。そうして少女と目線の高さを同じにして帽子をとり、軽く頭を下げる。

「僕は若友俊次。神戸から来ました。嫁じゃないからね」

「こーべ？」

「人がいっぱいいる街だよ」

「まち？」

不思議そうに首を傾げた少女に、はは、と鷹男は笑う。

「てるにはまだわからないよな」

「わかりません」

鷹男が少女の頭を柔らかく撫でたそのとき、背後に不穏な空気を感じた。咄嗟に振り返ると同時に、飛んできたものを手で叩き落とす。地面に転がったのは小さな石だ。立ち上がって視線をやると、十くらいの男の子が立ち尽くしていた。

「人に向かって石を投げるとは何事だ！　危ないだろう！」

俊次の厳しい口調に驚いたらしく、びく、と少年は体を強張《こわば》らせる。今にも泣き出しそうだが、逃げようとはしない。

「せ、せやかて、そいつがおるから、鉄道が来んて、先生が……。お父ちゃんもお母ちゃんも、鉄道に賛成やのに、誰も、何もせんから、懲らしめてやろう思て……」

先生というのは、きっと元義のことだ。

「君の先生は、鉄道を通すためなら人を傷つけてもいいとおっしゃったのか」

まっすぐ見つめて問うと、少年は言葉につまった。が、震える唇を懸命に動かして言い返してくる。

「せ、せやかて……、ひ、人や、ないから」

「人であろうがなかろうが、だめなものはだめだ。どんな事情があろうと、いきなり丸腰の相手に石を投げていい理由にはならん。それに、てるちゃんがいるのはわかっていただろう。へたをしたら、てるちゃんが怪我をしていたかもしれないんだぞ」

きっぱり言い切ると、男の子は我慢できなくなったように泣き出した。ひぐ、ひぐ、としゃくりあげる。

「先生は悪いことをしてしまった後、どうするのだとおっしゃった？」

語気を弱めて問う。元義の教え子なら、何をすべきかわかるはずだ。

男の子はぺこりと頭を下げた。

「ご、ごめんなさい……」

そうだな、と頷いた俊次は、しゃがんだままの鷹男とてるに視線を移した。てるを胸にしがみつかせた鷹男は、呆気にとられたようにこちらを見上げてくる。

「謝っている。許してやってほしい」

「ああ、それは別にかまわんが……」

「てるちゃんも、許してくれるかい？」

てるもこくんと頷く。鷹男が盾になったせいで、投げられた石は見えなかったのだろう。何に対して俊次が怒ったのかわかっていないようだが、鷹男が頷いたので、つられたらしい。

「よかったな。許してくれるそうだ。もう二度とするなよ」

再び少年に向き直って言う。

はい、と少年が泣きながらも応じたそのとき、横の田んぼから裸足《はだし》の男が飛び出してきた。そして自らも頭を下げながら、少年の頭を下げさせる。

「すんません、鷹男様、すんません……！　子供のしたことや、どうぞ許したってください」

しきりに謝る男に、鷹男は苦笑して緩く手を振った。

「いい。仕事に戻れ」

「はい、はい。ほんまに、ほんまに、すんませんでした。ほれ、五郎《ごろう》、謝れ！」

「ご、ごめんなさい」

またしても頭を下げさせられた少年は、そのまま男に引っ張っていかれた。男は歩きながら、尚《なお》も少年を叱責する。

各々の田畑から様子を見ていた村人たちが、ほっと息をつくのがわかった。同時に、好奇の視線が突き刺さってくる。あれは誰や。ほれ、鉄道局の。ああ、官吏か。そんな会話が聞こえてくるようだ。

鷹男はしゃがんだまま、ふうと息を吐いた。

「あれは五郎の伯父の茂作《もさく》だ。茂作は鉄道反対派だが、五郎の二親は賛成派だ」

「複雑だな」

「ああ。親族同士が二手に分かれてぎくしゃくしている」

「……すまない」

　思わず謝ると、鷹男は眉を上げた。

「おまえのせいではないだろう。そもそも、ここに鉄道を通す計画を立てたのは地元の政治家だ。鉄道局ですらない」

「それはそうだが……」

　俊次は帽子を目深《まぶか》にかぶりつつ口ごもった。俊次自身がどういう考えを持っていようが、鉄道局に勤める官吏であることに変わりはない。結局は鉄道を通すために働いている。

　鷹男にとってはいい迷惑だ。

　黙ってしまった俊次をどう思ったのか、鷹男はふんと鼻を鳴らした。

「だいたい、あんな小石くらい当たる前に砕いていた。おまえに庇《かば》ってもらわなくても、てるも俺も怪我をすることなどなかったんだ」

「体は怪我をしなくても、心は傷つくだろう」

思ったことをそのまま言っただけだったが、鷹男は目を見張った。まじまじと俊次を見つめた後、痛みを堪《こら》えるように一瞬、眉を寄せる。

「たかおさま?」

鷹男にしがみついたままだったてるが心配そうに呼ぶ。

我に返ったように瞬きをした鷹男は、ぽんぽんとてるの頭を柔らかく撫でた。

「さあ、てる。お母ちゃんのところへ帰れ」

「でも……」

まだ心配そうなてるの体をそうっと離した鷹男は、手に持っていた竹の皮の包みを開けた。大きな握り飯が三つ並んでいる。

鷹男はそのひとつをつかみ、豪快に頬張った。そして大きく頷く。

「旨い」

たちまちてるは顔を輝かせた。

「あんな、それ作るん、わたいもお手伝いしたん」

「そうか。てるは偉いな」

褒められたことで、少女はますます嬉しそうに笑う。

「お母ちゃんに、たかおさまがおいしいって食べてくれたって言うてきます!」

「ああ、そうしろ」

はい！　と元気よく頷いたてるは、早速駆け出した。

小さな後ろ姿を見送り、鷹男はしゃがみ込んだまま握り飯を頬張る。整った横顔が沈んで見えて、俊次はかけようとした声を飲み込んだ。

こうして見ると、普通の男だ。

それも、寂しい男だ。

「なんだ、握り飯がほしいのか？」

ひとつ食べ終えた鷹男が、からかうように問う。

いや、と俊次は首を横に振った。

「それはおまえがもらったものだから、おまえが食べるべきだ。というかおまえ、ものが食べられるんだな」

「ああ。別に食わなくてもかまわないが、食べられるぞ」

「食べなくても死なないのか」

「そうだ。俺は人ではないからな」

言って、鷹男は立ち上がった。残りの握り飯を丁寧に包み直した後、俊次を見下ろす。確かに黒いのに青みがかって見える瞳は、凪《な》いだ海のように静かだった。

「鉄道が通っても通らなくても、昔のままではいられん。人でなくとも、それくらいはわかる」

夜になって村長の家に集まってきた鉄道反対派は、男ばかり七人だった。当初はほとんどの者が来ないつもりだったらしいが、昼間、俊次が鷹男と一緒に歩いているのを見て興味を引かれたようだ。

「鷹男様が里へ来られるようになったんは最近のことです。わしがこまい頃は、滅多にお出ましにならんかった。お姿を拝めるんは、年に二回の祭のときくらいでした」

語ったのは、七十はとうに超えている村一番の高齢の男だ。顔には幾重にも皺《しわ》が寄っており、頭髪もすっかり抜け落ちている。が、日に焼けた肌は血色が良く、言葉もはっきりしていた。

皆が集まっている囲炉裏端に鷹男はいない。それをいいことに、俊次は鉄道の話をせず、鷹男の話をふった。反対派に取り入ろうとしたわけではない。純粋に鷹男のことが知りたかったからだ。

昼間、一通り村を見てまわったが、もう石を投げられることはなかった。鷹男も寂しい顔はしなかった。それどころか、今夜また行くからな、と言ってにやりと笑った。なんだかやっぱり人間くさい。

不思議な力を目の当たりにしているにもかかわらず、神だとは思えなかった。ちなみに元義も、この場にはいない。今まで散々やってきた反対派の説得に、改めて参加するまでもないと判断したのだろう。

「鷹男様が村へ来られるようになったんは、いつでしたかいな。確か戸籍っちゅうもんを作るとか言うてお役人が来た頃やさかい、二十年くらい前やったような。どうでしたかいな、庄屋さん」

老爺《ろうや》が話しかけたのは、俊次の隣にいた村長だ。村長は囲炉裏の火の調整をしていた手を止めて頷く。

「言われてみれば、確かに戸籍調査があった頃ですな。すぐ後に地租改正の測量があって、その辺りから頻繁にお見かけするようになりました」

戸籍調査と地租改正のための測量が行われたということは、中央政府の支配が、この山深い村にまで及んだことを意味する。

「鷹男さんは、随分昔からこの村を守っておられるんですよね」

俊次の問いに、老爺は大きく首肯した。

「そうですな。わしの祖父さんの子供の頃には、もういらっしゃったて聞きました。その祖父さんも、祖父さんの祖父さんに、鷹男様を大事にするように教えられたて言うてましたさかい。随分と昔からおられます」

至極真面目に答えてくれた老爺が嘘をついているようには見えなかった。話を聞いている他の者も神妙な面持ちだ。

僕を怖がらせて帰らせようとしているわけじゃなさそうだ。

怖がらせようとするなら、他所者は殺されるとか呪われるとか、もっと大仰な話をするだろう。

「昨日、もともと自分は人だったと鷹男さんはおっしゃっていました。この村に来られた理由や、どこから来られたのかを記した書き物はありますか？」

「書き物はありませんけど、言い伝えはあります」

応じたのは村長だ。

「鷹男様はもともと武士やったそうです。負け戦でこの村まで逃れて来られたんを、村の者がもてなして、それを喜ばれて村を守ってくださるようになったと」

なんだそれは、という内心の声は、かろうじて口に出さずに留《とど》めた。

落ち武者が村人に親切にされ、そのまま居つく。それ自体はありうることだ。

しかしなぜその落ち武者が神になる？

過程がすっぽりと抜け落ちている。

そうなんですか、と一応相づちを打った俊次は、老爺がもの言いたげにしていることに気付いた。

「他に何かご存じのことがあるんですか？」

水を向けると、その場にいた全員の視線が老爺に向けられる。

老爺は言いにくそうにしつつも口を開いた。

「わしがこまい頃は、鷹男様は村を守ってくださるありがたいお方やと思う一方で、恐ろしい方やと思てました」

「特別な力を持っておられるのですから、恐ろしいと感じるのは当然でしょう」

「けんど、今の子供らは鷹男様を恐れまへん」

てるの笑顔が脳裏に浮かんだ。確かに、てるは鷹男を全く恐れてはいなかった。神に対する態度というより尊敬する大人、それも慕っている大人に対する態度だった。

「祖父さんに、絶対に鷹男様を怒らせてはいかんときつく言われたことを覚えてます。でなければ祟《たた》りがあると」

崇りという不穏な言葉に、村長を含めた八人が一斉に息を飲んだ。どうやら心当たりがあるらしい。先ほど村長が話してくれた言い伝えは、恐らく随分と端折《はしょ》られていたのだろう。鷹男は、守り神であると同時に崇り神でもあったのだ。

今はともかく、昔、鷹男が崇り神だったことを知られれば、鉄道を通して退治しようと言われかねない。村長はそう考えたのだろう。

黙ってしまった俊次に、老爺は慌てて付け足した。

「わしが悪戯ばっかりする聞きわけのない悪たれやったさかい、諫《いさ》めるためにそう言うたんやと思います」

「つまり、今よりもっと遠い存在だったんですね」

「そう、そうです。崇りやなんてただの戒めや。極楽村ていうありがたい名前がついたんも、鷹男様が災いからこの村を長いこと守ってくださったおかげですよって」

急《せ》き込むように言った老爺に、そうやそうやと村長たちも何度も頷く。

崇り、と俊次は口の中だけでつぶやいた。古い風習を否定する元義や平助のような鉄道賛成派すら鷹男を恐れているのは、彼《か》の男がかつて崇り神だったという言い伝えが心にこびりついているせいかもしれない。

別に驚くことではない。日本の各地に祀《まつ》られている神々の中には、もとは崇り神だった神も多い。この国では、神は絶対的な善ではなく、悪にもなりうるのだ。

「あのう、若友さん」

遠慮がちに声をかけてきたのは、昼間、五郎少年を連れて行った茂作だった。

「鉄道を通さんでもええて考えてはるんやったら、賛成派を説得してもらえませんやろか。わしらではもう、どうにもなりませんさかい」

その場にいた全員に期待を込めた目で見つめられ、うーんと俊次はうなった。

「申し訳ないですが、それは難しいと思います。元義さんは鉄道が通ることの利点だけでなく、欠点も承知しておられるようでした。それでも賛成されています。説得のしようがない」

肩を落とした村人たちに向かって、間を置かずに尋ねる。

「皆さんは、鉄道が通ることの利点をきちんと承知しておられますか？」

「お山に穴をあけるもんに利点なんかありまへん！」

「お山に穴があかなければ、鉄道に賛成しますか」

俊次の問いに、村長を含めた村人たちは不意を打たれたように黙り込んだ。どうやら考えたことがなかったらしい。

「鉄道が通れば、村の外へ出るのに何時間もかけて険しい山を行き来する必要はない。

必要な物を早く簡単に運んでこられる。医者にも早くかかれる」

誰も何も言わない。

俊次は続けた。

「それに戸籍が作られたということは、この村の青年たちにも徴兵検査が行われていますよね。今のところ、籤《くじ》に当たる確率は低い。たぶん、まだこの村の若者は誰も入営したことがないんでしょう。でも確率はゼロじゃない。実際に外国と戦争をすることになれば、確率は上がる。籤に当たれば入営です」

徴兵検査で合格した者全員が軍隊に入るわけではない。籤を引いて当たった者だけが入営するのだ。俊次も兄も甲種合格だったが、籤にはずれて兵役を免れた。

「中学卒業以上なら一年志願兵になる道もありますが、そうでなければ入営生活は三年に及びます。除隊した者が帰ってくれば、鉄道が通らなくても外の文化は入ってくる。皆さんが想像しておられる以上に軍隊教育は苛烈です。考え方ひとつとっても、以前とはすっかり変わってしまうことがある。村に影響が出ないはずがない」

時計による近代的な時間の秩序、動作を西洋式に変えること、言語の標準化、洋装、洋食。それらが地方の隅々にまで行き渡りつつあるのは、入営生活を終えた若者達が故郷へ持ち帰っているせいだ。

そうした表面的な変化だけでなく、精神面でも影響を与えているのは間違いない。軍隊では地方の権力者の地位や名誉は欠片《かけら》も認められない。士族だろうが平民だろうが、平等に扱われる。要するに、それまで培ってきた価値観や自信が根底からひっくり返されるのだ。良い意味でも悪い意味でも、人が変わる。

「たとえ除隊兵がいなくても、現に今、外で学んだ元義さんが村の子供たちを教育しています。その子供たちは新しい考えを持つようになっている」

教育勅語が出されたのは四年前の明治二十三年だ。全国津々浦々の学校で奉読されているそれは、教育の水準を平等に保つ一方で、地方色を打ち消す一面もある。

鉄道が通っても通らなくても、村は変わる。劇的に変わるか、少しずつ変わるか、という差があるだけだ。

それでも反対しますか？

俊次の無言の問いかけが聞こえたかのように、村人たちはうつむいた。俊次の言っていることの意味を、きちんと理解したらしい。

短い沈黙の後、そんでも、と重い口を開いたのは村長だった。

「若友さんが今おっしゃったんは仮定の話や。お山に穴をあけようとしてるんが今回の鉄道計画です。お山に穴をあけるわけにはいかん」

そうや、と賛同の声があがる。

「鷹男様がお怒りになる」

「村を守ってくださらんようになる」

「日照りやら疫病で村が滅んでしまうかもしれん。そうなったら鉄道どころやない」

怯えを含んだ真剣な顔で頷き合った村人たちは、俊次に向き直った。

「やっぱりわしらは、鉄道には反対です」


提灯《ちょうちん》を手に村長の家を出た俊次は、大きなため息を落とした。月も星もない黒い空に、うっすらと白く息が映る。

言うべきことは言った。それでも、反対派は意見を変えなかった。

もう僕にできることはない。

俊次に与えられた説得の時間は五日だが、恐らくこれ以上滞在しても無駄だろう。

でも、このまま帰る気にはなれない。

離れの周囲には誰もいなかった。万が一のことがありますから今日も見張りましょうかという元義の申し出を断ったのだ。鷹男が俊次と親しげにしているのを見て、危害を加える気はないと判断したのか、あるいは見張ってもまた眠らされては意味がないと思ったのか。おとなしく引き下がってくれた。

　僕も説得できない。賛成派の人たちにも説得できないとなったら、この先どうなるんだろう。

　ため息を落としつつ離れの戸を開けると、既に行灯《あんどん》の明かりが灯《とも》っていた。この村にはまだランプが普及していないのだ。しかも布団の上には、紺の着流し姿の男が胡坐をかいている。

　はあ、と俊次は再びため息をついた。

　鷹男は残念そうな顔をする。

「驚かないのか」

「そう何度も驚いてたまるか。なぜここにいる」

「今晩行くと言っただろう」

「ああ、そうだったな……」

　ため息まじりに言って提灯の火を消した俊次は、鷹男から少し離れたところに腰を下ろした。祟り神の話を聞いたせいで、鷹男が怖くなったからではない。単に貞操の危機を拭いきれなかったからだ。

偉そうに胡坐をかいている鷹男を見遣り、またしてもため息が漏れる。

僕にはやっぱり、この男は神じゃなくて普通の人に見える。

鷹男はその精悍な容姿に似合わない、どこか無邪気な仕種《しぐさ》で首を傾げた。

「どうした、そんなに何度もため息をついて。反対派は説得できたのか？」

「できるわけがないだろう。皆さん、利点と欠点をわかった上で反対された。元義さんたちも利点と欠点の両方を理解した上で賛成なんだから、どうしようもない」

「どちらかを強調すればいいだろう。反対派には利点を強調して欠点をより小さく言えばいい」

「鉄道局の人間としては、おまえの言う通り鉄道の利点を強調すべきなんだろうな」

もう何度目になるかわからないため息を漏らすと、鷹男はおもしろそうにこちらを見遣った。

「しないのか？」

「したくない。そんなのは公平じゃない」

きっぱり言うと、ふ、と鷹男は頬を歪《ゆが》めるようにして笑った。

「鉄道局の官吏になっている時点で、公平ではないだろう。おまえ、そんな考えでなぜ鉄道局に入ったんだ」

「好きだからだ」

「鉄道がか？」

「そうだ。僕は東京で育ったから、新しいものをたくさん見る機会があったけど、蒸気機関車ほど衝撃を受けたものはなかった。大きな鉄の塊が物凄い速さで走るんだ。写真、見るか？」

鷹男が興味深そうに聞いているのがわかって、俊次は思わず尋ねた。ああと鷹男が頷いたのを確かめて立ち上がり、風呂敷包みの中から機関車の写真を取り出す。鉄道局が用意した資料ではない。子供の頃、父に無理を言って写真の技師に撮ってもらった私物だ。

俊次は鷹男の横に腰を下ろし、写真を差し出した。

「これが蒸気機関車だ。ここから乗り込んで運転する。この煙突から蒸気が出るんだ。このレールに乗って走る」

指をさして説明すると、鷹男はふうんと頷いた。青みがかった瞳はまっすぐに写真を見つめている。やはり興味があるようだ。

「去年、国産蒸気機関車の第一号が完成したが、今のところはほとんどが舶来のものだ。これがバルカン・ファウンドリー社製の150形。これがシャープ・スチュアート社製の160形だ。で、こっちがヨークシャー・エンジン社製の110形。僕はヨークシャー・エンジン社の機関車が一番好きだ。なにより姿がいい。武骨なのに、この辺りは繊細で優美だろう。走っている姿はもっといいぞ。それはもう勇壮だ」

意気込んで言うと、鷹男はふいに噴き出した。そのまま、ははは、と声をあげて笑い出す。

至極真面目に説明していたので、俊次はムッとした。

「なぜ笑う。僕、何かおかしなこと言ったか?」

「いや、おかしなことは言っていない。ただ、おまえがやけに楽しそうだから」

「僕は鉄道が好きだと言っただろう」

熱弁をふるってしまった自分が今更ながら恥ずかしくなって、ぶっきらぼうに言う。

一方の鷹男は、笑いながら俊次を見た。

「なるほど。本当に蒸気機関車好きだから鉄道局なんだな。納得した」

「悪いか」

「悪くないから拗《す》ねるな」

「ばかを言うな、拗ねてなどいない」

ばつが悪くて片付けようとした写真を、鷹男が横から取り上げる。返せと文句を言おうとしたが、写真をじっと見つめる鷹男に気付いて口を噤《つぐ》んだ。

精悍な横顔に憎しみや嫌悪はない。今日の昼間に見たのと同じように静かだ。

「山にあいた穴を、これが人を乗せて走るんだな」

ああと頷いた俊次は、思い切って尋ねた。

「もし山に穴があいたら、おまえ、祟るか」

今の鷹男は祟るようには見えない。

しかし村人たちは、自分たちの守り神が祟り神でもあると承知していた。

鷹男はゆっくりと写真から俊次に視線を移した。その青みがかった目はやはり穏やかだ。

「俺はもともと祟り神だったんだ。この村で暴れていたところを旅の坊主だか祈祷《きとう》師だかに、あの山に封印されて、村を守ることを約束して許された。それ以来、ずっとここにいる」

言い伝えは本当だったのだ。

俊次は息を整え、尋ねた。

「元は落ち武者で、この村に流れてきたと聞いた。村人は温かくもてなしてくれたんだろう。なぜ祟り神になったんだ」

　俊次に写真を返した鷹男は、手首の数珠を撫でながら首を傾げる。

「それがあまりにも長い時間が経ちすぎて、よく覚えていないんだ。とにかく憎くて憎くて、どうしようもなかったことしか思い出せん」

「憎いだけで神になれるのか？」

「さあ。他の奴のことは知らんが、俺はそうだった」

　もったいぶった言い方でもなければ、大仰な言い方でもなかった。ありのままを言っただけ、という淡々とした口調が真実味を感じさせる。

　事実かどうかはともかく、歴史を紐《ひも》解けば人が祟り神になった例はある。祟り神と守り神の境目があやふやなだけでなく、人と神の境目も曖昧模糊《あいまいもこ》としているのがこの国だ。

　そういう世界に鉄道を通そうなんて、僕が考えているよりもずっと乱暴なことなのかもしれない。

「だから、鉄道が通れば祟るかもな」

　え、と思わず声をあげた俊次に、鷹男は器用に首をすくめた。

「俺は山に封印されているんだ。山が壊されれば封印は解かれる。そうすれば元の祟り神に戻るだけだ」

「他の山に移るわけにはいかんのか」

「人の家移りじゃないんだぞ。そんな単純じゃない。あの山には特別な力があるから封印されているんだ。それに封印云々《うんぬん》は置いておいても、俺は長い間住んできた場所を追われるんだぞ。その上、村はばらばら。もう元には戻らない。祟ってもおかしくないだろ」

「それは……」

俊次は口ごもった。

僕だって、家を奪われて家族をばらばらにされたら憤るだろう。憎むだろう。

俊次は改めて鷹男に視線を向けた。祟ってもおかしくないと言いながら、表情は凪いでいる。憎しみや悔しさといった激しさは感じられない。もちろん異形に変化《へんげ》するわけでもない。

やっぱり僕には、ただの寂しい男にしか見えない。

じっと見つめる俊次に、鷹男はにやりと笑った。

「まあしかし、長いこと祟っていないからな。祟らないかもしれん」

「どっちなんだ」

「どっちだろうな」

「おまえな」

からかうような物言いにムッとすると、鷹男は楽しげに笑った。かと思うと素早く俊次の手をとる。

随分と近くに座っていたと気付いて、慌てて体を引いたが、もう遅い。あっという間に押し倒され、野性味のあふれる精悍な面立ちが間近に迫った。

「おまえは案外情に流されやすいな。俺がおまえを気に入っているとわかっているのに、こんなに近付いて。しかもおあつらえ向きに布団の上だ。本心では俺の嫁になりたいと思っているんだろう」

「ばかを言うな。僕はおまえを哀れに思っただけだ」

「哀れか。それはもう惚《ほ》れたってことだな」

上機嫌で言うと同時に、鷹男は俊次の唇を塞いだ。表情がわからないほど近くに精悍な面立ちがあって、大きく目を見開く。

恋と哀れは種ひとつ。

どこかでそんな言葉を耳にしたことがある。

いや、ありえんだろう。

というか、舌が入ってきてるんだが！

頭はもちろん動かせない。両の手首も上から押さえつけられているため、動かない。脚も巧みに押さえられている。

こういうときは、無理に抵抗すると余計に動けなくなる。

わざと力を抜くと、受け入れられたと思ったのか、鷹男の舌は更にいやらしく動いた。

心臓がうるさいほど鳴っているのがわかる。体が芯から熱くなってくる。

なんだこれは。廓《くるわ》へ行ったときも、こんなことはなかったのに。

自然と喉の奥から声が漏れる。同時に、脚をからめとっていた鷹男の力がわずかに緩んだ。

「ん、ぅん……」

隙ができた。好機だ。

しかし思うように体が動かない。必死で力を振り絞る。

「んっ……、やめっ、んか！」

突き出した膝が鷹男の腹部に入る。

うぐ、と低いうめき声をあげた鷹男は、布団のないところまで転がった。板張りの床の上で長い手足を引っ込め、猫のように丸くなる。

「痛い……」

はあはあと荒い息を吐いていると、涙声が聞こえてきた。こんなときばかりまるきり子供のような声音に腹が立つ反面、あきれてしまう。

「おまえも懲りない奴だな……。僕に、こういうことをしたら、痛い目に遭うって、いい加減、学べよ……」

切れ切れに言うと、鷹男は床に俯《うつぶ》せたまま顔をこちらに向けた。

「おまえは、素直じゃないな。色っぽい声が出てたじゃないか。それに感じていただろう。本心では俺に惚れている証拠だ。いい加減素直になれ」

「はあ？　僕は感じてなどいない！　勝手に惚れていると決めつけるな！」

顔が真っ赤になっていることを自覚しながら怒鳴った俊次に、涙目の鷹男は動じた風もなくしれっと言う。

「本当に嫌だったら、接吻《せっぷん》なんかさせないだろう」

――確かにそうだ。今、鷹男は急に現れたわけではない。ずっと目の前にいた。避けようと思えば避けられたはずだ。

それでも、避けなかった。

俊次の様子を見守っていた鷹男は、縮めていた手足を伸ばした。次の瞬間、獣のように四つん這《ば》いで素早く側に寄ってきたので、ぎょっとする。

こういう動きは本当に人間離れしているな。

「今日はここで寝る」

楽しげに宣言した鷹男に、は？　と俊次は声をあげた。

「何を言ってるんだ。布団は一組しかないんだぞ」

「一緒に寝るから平気だ」

「おい、何をする」

鷹男は俊次と自分の体の上に布団を引っ張り上げた。そして俊次の横に寝転ぶ。たちまち肩や腕がぴたりと密着した。

「ちょ、出ていけ」

「安心しろ、今日は何もしない。横で寝るだけだ。ちょっとくっついて、ちょっと触るだけだから」

「なんだ、その下心丸出しの助平男みたいな言い方は……。ていうか、今日はってどういう意味だ、ちょっと触るってどこをだ」

「一緒に寝るくらいいいじゃないか。けちけちするな」

拗ねた子供のような、開き直った男のような、なんとも言えないわがままな口調にあきれる。

「おまえ、本当に神か？」

「知らん」

「知らんって、自分のことだろう」

「俺が己を神だの妖だのと呼んだわけじゃない。周りがそう呼ぶだけだ。俺は俺だ」

確かにそうだと納得している間に、鷹男の腕が体にまわった。一瞬、引き剥がそうとした腕から力が抜けたのは、鷹男の仕種に性的なものを感じなかったからだ。触れ合ったところから伝わってくる体温は、思いの外温かい。

普通の人間みたいだ。

長年住んできた場所を追われ、なおかつ見守ってきた人々にも追われようとしている孤独な男。

「鷹男」

「なんだ」

「鉄道が憎いか」

腕の中のちょうどいい場所に俊次を収めたらしい鷹男は、さあ、と低く囁《ささや》くように言った。手慰みのように髪を梳《す》かれたが、やはり嫌悪は湧かない。

「よく、わからん。鉄道計画が持ち上がる少し前から流れが急激に変わった。鉄道のことがなくても、その流れは変わらなかっただろう。正直、俺には手に負えん。このまま村にいても、これまでと同じように守っていけるかどうか……」

鷹男が感じたのは、明治という時代の波か。

戸惑っているのは鷹男だけではない。祖父をはじめ大勢の人が、今までにない激しい時代の変化についていけず、明治となって二十年以上が経った今ももがき苦しんでいる。

新しい時代はそれを見向きもしない。置き去りにして、ひたすらに前へ前へと進む。

「しかし、おまえがそんなに好きだというのなら、鉄道もそう悪いものではないんだろうな」

笑いを含んだ声で言われて、俊次は写真を見せてはしゃいでしまったこと思い出した。カ、と頬が熱くなる。

「鉄道は素晴らしい。悪いのは鉄道じゃない」

「ああ」

「しかし鉄道がなければ、この村が二分することはなかった」

鷹男は何も答えなかった。かわりに俊次の頭に頬を寄せる。

ぱらぱらぱら、と外で微《かす》かな音がした。雨が降ってきたようだ。ざー、と静かな音が辺りを包む。

山に豊かに茂る木々の葉、一枚一枚に雨粒があたっているからか。それとも、余分な雑音が全くないからか。都会より随分と雨音が大きい。

「雨だ」

つぶやくと、そうだな、と鷹男は頷いた。

「雷も鳴ってる」

「ああ」

先ほどまでとは打って変わって、その声には力がない。

「眠いのか？」

返事はなかった。かわりに穏やかな寝息が聞こえてくる。

包み込まれるような体勢のせいだろう、鷹男の体が殊更温かく感じられた。思わずため息が漏れる。

昨日も今日も、今もいろいろあって疲れた。

僕も、眠くなってきた。

ぱちぱちと音をたてて燃える囲炉裏の火が、冷えきった指先に染みる。凍えるような寒さの中をずっと走り続けてきた体が、少しずつ温まってきた。

――温かい。

「こんなもんしかありませんけど、どうぞ」

老婆が差し出した椀の中身は粥《かゆ》だった。

一瞬、迷いが生じる。

これは罠《わな》で、粥に毒が入っていたら？

この戦乱の世に、夜中にやって来た見ず知らずの傷だらけの男を招き入れるか？

殺すために入れたのかもしれない。

東から西へ西へと逃げてきた。恐らく都の近くまで来ているはずだ。故郷からはかなり離れたと思うが、追っ手がここまで迫っている可能性がないとは言えない。

「……お怪我が痛みますか？」

心配そうに眉をひそめた老婆に、いや、と首を横に振る。

結局手を伸ばしてしまったのは、昨日から飲まず食わずだったせいだ。しかも、誰も彼もが追っ手に見えて、とにかく人のいない場所を求めて山の奥へと分け入ってからほとんど休んでいない。正直くたくただ。いずれにせよ、このまま何も食わずにいたら死ぬ。

大きく息を吐き、そうっと粥をすする。空っぽの胃の腑《ふ》に、熱いものが入ってくるのがはっきりとわかった。

痛みはない。苦しさもない。

ああ、毒は入っていない。

そうとわかった途端、貪るようにすすった。旨い。こんなに食べ物が旨いと感じたのは生まれて初めてだ。あまりに慌ててすすったため、むせてしまう。

すると、小さな手がおずおずと背中を撫でてくれた。

「大丈夫？」

見下ろした先にいたのは、小さな童女だった。あちこちにつぎがあたった粗末な着物。細い腕。食べ物が足りていないのだ。三つくらいに見えるが、もしかしたらもう少し年が上なのかもしれない。

粥を出してくれた童女の祖母も、満身創痍《そうい》の己を招き入れてくれた祖父も、瘦せ細っている。

ああと頷いてみせると、女の子はにっこり笑った。最初、傷だらけの体や、あちこち壊れた鎧《よろい》に怯えたようだったが、むせる様子を見て警戒を解いたらしい。

老婆が孫の頭を優しく撫でた。

「もっと精のつくもんがあるとええんですけど、今年は雨が降らんで。作物もとれんし、木の実やら猪《いのしし》やら鹿やらもとれんのです。それに去年流行った疫病で、若い者《もん》が大勢死んでしまいましてな。働き手もおらんようになって、ろくなもんがのうて」

少女の二親の姿が見えないのは、疫病で死んでしまったせいだろう。

そして老婆と老爺が迎え入れてくれたのは、必死に逃げてきた泥まみれの男が、少女の父親と同じくらいの年だったからかもしれない。

いずれにしても、貧しい村なのだ。

「何のおもてなしもできませんけど、ゆっくり休んでってください」

老爺の言葉にかたじけないと礼を言い、再び粥をかき込む。やはりどこも痛くはならない。疑心暗鬼になっていた己が滑稽なような、悲しいような、情けないような、腹が立つような、なんとも言えない気持ちになる。

「おかわりもありますさかいな。食べ終わらはったら傷の手当てもいたしましょう」

温かく微笑《ほほえ》んだ老婆に、粥を食べながら頭を下げる。不覚にも涙が滲んだ。

なぜこんなことになったのか。

裏切り者は死ね！

悪鬼の如《ごと》き形相で斬りかかってきたのは兄だ。

兄が敵方と通じているのを知ったのは、ほんの数日前のことだ。手を切れと説得したが、聞き届けられなかった。

それからはもう、わけがわからなかった。

翌日には、己が敵方と通じていたことになっていた。主君の直属の隊に斬られそうになった。逃げたのが悪かったのか、親戚はもちろん、親しくしていた友や部下、情人までもが敵とみなしてきた。

俺は密通などしていないと訴えると、ある者は目をそらし、ある者は言い訳をするなと激昂《げっこう》し、ある者は軽蔑の眼差《まなざ》しを向けた。

兄とは一度も視線が合わなかった。斬りかかってきたときですら、兄は目を見ようとしなかったのだ。

追ってきた男が言っていた。兄が、弟こそが間者だと主君に告げたそうだ。

もともと素行が良い方ではなかった。幼い頃はよく悪戯もした。わがままに振る舞ったこともある。対して兄は小心なところがあったが、おとなしく、真面目だった。だからか。誰も信じてくれなかった。誰一人。

否、もしかしたら信じてくれた人はいたのかもしれない。斬りかかってきた者の中には仲間の目を盗み、逃げろ、と促してくれた者もいた。すまん、と謝った友もいた。

しかし結局、誰もが保身や私利を考え、兄に逆らわなかった。兄はその真面目さを主君に買われ、高い地位にいたのだ。弟が間者であった方が、皆都合が良かったのだろう。

嗚咽《おえつ》が込みあげてくる。

なぜ、こんなことになった。

仲の良い兄弟ではなかった。どんなに稽古に励んでも、武芸も馬術も人並みだった兄は、それらに優れた弟と比較されることが多かった。そのせいか、兄の方から距離を置いてきた。兄がその方が心安らげるのならと、無闇に近付くのはやめた。けれど。

そんなに俺が憎かったのか、兄上。

ドンドン！　と戸を叩く音がして、俊次は眉を寄せた。憎しみと悲しみでいっぱいになった胸が痛い。

なんだ。また誰かが殺しにきたのか。兄上か。

ギリリと奥歯を噛《か》みしめたそのとき、再び乱暴に戸を叩く音がした。若友さん、と呼ぶ声もする。

――ああ、そうだった。僕は若友俊次だ。鉄道局の官吏だ。殺されるわけがない。兄さんは東京にいて、父さんの会社で働いている。僕らはそこそこ仲がいい。

全部、夢だ。

ハッと目を開ける。

「若友さん！」

呼んでいるのは元義だ。慌てて体を起こすと同時に、隣で寝ていた男がいないことに気付く。

いつのまに抜け出したんだ。

若友さん、とまた呼ぶ声が聞こえた。焦っているような声だ。

何かあったのかと急いで立ち上がり、戸を開ける。たちまち、ひんやりとした空気が体を包んだ。昨夜降っていた雨は、もうやんでいる。が、空は今にも泣き出しそうに曇っていた。

「おはようございます、若友さん」

立っていたのは、やはり元義だった。その声と同じくひどく焦った顔をしている。

「おはようございます。どうかされたんですか？」

「今さっき、県議の沼田《ぬまた》先生がおいでになったんです。お供の方もお二人いらっしゃいます」

「県議の沼田先生？　確か前に、東京の鉄道局の官吏と一緒に村に来られた方ですよね」

はいと元義は頷く。沼田は中央政府に幾度も働きかけ、官設鉄道の誘致を粘りで勝ち取ったと言われる政治家で、鉄道計画推進の中心人物だ。中央の政治家と姻戚関係にあり、鉄道計画をきっかけに知事になろうと目論《もくろ》んでいるらしいと聞いた。

「ほんまは昨日のうちに着かれる予定やったらしいんですが、道に迷われて山中で一泊してから来られたそうです。雨に降られて難儀されたみたいで、母屋で休んでいただいています」

「元義さんは、沼田さんが来られることをご存じなかったんですか」

政治家との窓口になっているのは元義だったはずだ。

しかし元義は困惑した顔で首を横に振る。

「知りません。私には連絡がありませんでした。それであの、沼田先生が若友さんを呼んでほしいとおっしゃってるんですが」

「そうなんですか。わかりました。支度を整えたらすぐに行きます」

お願いしますと頭を下げた元義に頷いてみせ、俊次は室内に引き返した。

政治家が来るなんて聞いてないぞ。しかも供二人だと？

そもそも、誰も行きたがらなかったから俊次が来たのだ。事務所にも政治家が行くという連絡は届いていなかった。元義も知らなかったということは、思いつきでやって来たのかもしれない。

「いったい何をする気だ」

小さくつぶやいて着替え始める。

それにしても、嫌な夢だったな……。

重く、痛いような感覚が胸にどんよりとわだかまっている。あれほど生々しい不快感を伴った夢を見たのは初めてだ。

夢の中の人物は皆、随分と昔の格好をしていた。あんな夢を見たのは、鷹男が隣で寝ていたせいだろうか。

というか、あいつはどこへ行ったんだ。

――正直、俺には手に負えん。

穏やかな、しかしどこか途方に暮れたような物言いが耳に残っている。

同時に、鷹男の温かな体を思い出して、微かに胸が痛んだ。


顔を洗い、しっかりと髭《ひげ》をあたった俊次は、自らの頬をぴしりと両手で打って気を引き締め、母屋に向かった。

失礼しますと声をかけて戸を開ける。

広い土間の向こうの部屋で、五人の男が飯を食べていた。二人は言わずもがな、村長と元義だ。残りの三人は初めて見る顔だった。

一人は立派な口髭をたくわえた恰幅の良い男である。年は五十手前くらいだろうか。一目でそれとわかる上等な着物を身につけていた。

もう一人はがっちりとした体格の、三十歳前後に見える男だ。陸軍の濃紺の軍服を着ている。袖章から察するに、陸軍少尉だ。

残りの一人は中肉中背の男だった。水干のような燕尾《えんび》服のような、和洋折衷の奇妙な格好をしている。長く伸びたぼさぼさの髪が邪魔で、顔立ちはよくわからない。年齢は俊次と同じくらいのようにも見えるし、もっと年を食っているようにも見えた。

「ああ、君が鉄道局の若友君か」

野太い声で言ったのは、恰幅の良い髭の男だ。

「神戸保線事務所に所属しております若友です。はじめまして」

「わしは沼田源介《げんすけ》という。県議をやっておる。鉄道反対派の説得に馳《は》せ参じた」

この人が沼田さんか。

昨夜、道に迷って山中で一泊したというのに疲れは見えなかった。もともと頑強な性質なのだろう。

「こちらが大阪にある陸軍の第四師団《しだん》に所属しておる井波《いなみ》少尉や。わしと同郷で、何かと力になってくれておる。昨夜も少尉がおってくれたおかげで、どうにか無事にすごせた」

箸を止めた軍服の男が、井波ですと頭を下げる。いかにも軍人らしいきびきびとした仕種だ。こちらにも疲れた様子はない。

「そちらが祈祷師の間中《まなか》先生」

「きとうし？」

思わず素っ頓狂な声をあげた俊次に、ぼさぼさの髪の男は飯を頬張りながらおざなりに頭を下げた。どう贔屓《ひいき》目に見ても、怪しさしか感じられない。

ばらばらの面子《めんつ》に見えるけど、沼田さんなりに対策を考えて来たんだろうな……。万が一、人智《じんち》を超えた恐ろしい目に遭ったとしても、軍人に力で制してもらえばいい。それでもだめなら祈祷師に助けてもらおう。そうして反対派を力と霊力で押さえ込もうという魂胆だ。沼田は、どうしても鉄道を通したいらしい。

「で、反対派の説得はできたんかね」

その沼田に問われ、俊次は首を横に振った。

「いえ、できていません」

「そうかね。君も一昨日《おととい》着いたばかりやそうやし無理もないわな。まあ、わしらが来たからには説得もそう時間はかからんだろう。大船に乗ったつもりでおりなさい」

はい、と俊次は短く返事をした。鉄道反対派の村長の家でもてなしを受けながら、説得に時間はかからないと言ってのけるあたり、いかにもやり手の政治家だ。

「若友さんもどうぞ、座ってください」

そっと歩み寄ってきたフサが、小声で促してくれる。ありがとうございますと頭を下げつつも、内心ではまずいことになったなと思った。説得は無理でした、では済まされない雰囲気だ。

端にいた村長の隣に腰を下ろすと、村長は困ったような視線を向けてきた。僕も困ってます、という意味を込めて小さく頷いてみせる。

その様子を見咎《みとが》めたのか、沼田が話しかけてきた。

「若友君は神戸の出身なのか？」

「あ、いえ。私は東京の出身です」

「ほう、東京か。やはり士族の出か？」

「いえ、平民です」

「それはそれは。よう勉学に励まれたんやなあ」

「恐れ入ります」

俊次は素直に頭を下げた。政治家や官吏の中には、平民出身者をばかにしたり見下したりする者もいるが、沼田はそうではないようだ。もしかしたら沼田も平民の出身なのかもしれない。

なんとなくだけど、政治家より商人に近い気がする。

父の会社と取り引きがある上方の商人に、どことなく雰囲気が似ている。商売のためなら、新しい価値観を進んで取り入れる柔軟さがある。もっとも、柔軟すぎて古いものを台無しにしてしまう御仁もいるが。

フサによそってもらった飯を食べていると、ドンドンと戸が叩かれた。元義さん、と呼ぶ声が聞こえる。

元義が戸を開けると、数人の若者がどっとなだれ込んできた。鉄道賛成派だ。

「これは沼田先生！」

「また来てくださったんですか」

「ありがとうございます！」

口々に言って頭を下げる若者たちに、沼田は上機嫌で笑った。

「わしがあれしきのことであきらめるわけがないやろう。鷹男さんはどこにおる？今日の午後にでも話をしたいんやが」

沼田に視線を向けられ、若者たちはそれまでの威勢の良さはどこへやら、視線を泳がせた。

「鷹男様は、たぶん、お山に……」

「私がご都合を伺ってきます」

きっぱり言ったのは元義だ。若者たちは元義を尊敬の目で見つめる。

井波はその様子をじっと眺めていたが、間中はちらとも視線を動かさなかった。一心に味噌汁をすすっている。

鷹男が井波に負けることはないだろう。どんなに井波が強かったとしても、消えたり現れたりできるのだから、物理的な力ではどうにもならない。

けど、この間中さんて人はどうだ。

いかにも眉唾ないでたちだが、人は見かけでは判断できない。一応沼田が連れてきたのだ。もしかしたら本当に妖を封じた実績のある、有名な祈祷師なのかもしれない。

鷹男が沼田さんたちに会う前に、僕が会わないと。

飯を食べ終えた俊次は、鷹男が住む山へ行くという元義に同行することにした。

空は相変わらず灰色だ。昨夜降った雨のせいで、春の緑がむせ返るような湿気を纏っている。気温が上がっているらしく、息苦しいほどだ。

「若友さん、すんませんでした」

横を歩いていた元義に唐突に謝られ、俊次は首を傾げた。

「何のことです？」

「五郎のことです。昨日、鷹男様に石を投げたことを叱ってくださったそうで。私からもきつく言い含めておきました。本当に申し訳ありませんでした」

うつむき加減に謝った元義に、ああ、と頷く。泣きながら謝った少年の顔が脳裏に浮かんだ。

「さすが元義さんの教え子さんですね。きちんと頭を下げて謝った。偉いです」

率直な感想を言っただけだったが、元義は勢いよく顔を上げた。

「少しも偉くなどありません！　石を投げるなど言語道断です！　私は、教育者として失格や……」

急に声の調子を落とした元義は、深く項垂れた。

真面目な人だ。

村を良くしようと思っているのは間違いない。鉄道が通った方が村のためになると思ったから、賛成したのだろう。

「あなたの教え子全員が石を投げたわけじゃない。子供だって一人一人違った人間です。いろいろな性格の子がいます。同じように同じことを教えても、受け取り方は様々だ。中には思い込みが激しい子も、乱暴な子もいるでしょう。そういう子は根気強く説いて正しい方向へ導いてやればいい。それができるのは、子供たちの先生である元義さんです」

言い終えると同時に、元義はまじまじとこちらを見つめてきた。どうかしましたか？　と問うかわりに首を傾げると、苦笑する。

「若友さんは、確か私と同い年でしたよね」

「はい、二十四歳です」

「なんだか随分と年上のような気がします。やはり都会で、たくさんの人を見て育ったからでしょうか。視野が広い」

「とんでもない。私は部外者ですから、好き勝手言っているだけですよ」

微笑んだ俊次につられるように、元義も笑った。が、すぐにまた沈んだ表情になる。

「沼田先生が連れてこられた方々、どない思わはりますか」

うーん、と俊次はうなった。

「今までとは違う方を連れてこられましたよね。お二人とも、鉄道局はもちろん逓信省とも関係のない方だ。強いて言えば井波少尉が関係があるのかな」

「軍人さんが鉄道とどう関係があるんです？」

「官設鉄道を国土のどこへ敷くかについては、陸軍省が相当口を出してきているんですよ」

　幼い頃、父に話した鉄道の利点は当たっていた。兵士や軍馬を短時間でたくさん運べる鉄道に、陸軍は早い段階で目をつけていたのだ。

　陸軍省という言葉に、元義は眉をひそめる。

「そんな、軍隊と鉄道が結びついてるやなんて……」

「鉄道は今までの日本にはない、暮らしを豊かにする便利なものです。同時に、内外に国威を示すためのものでもある。僕のように単純に鉄道が好きな者もいるでしょうが、中央政府がそんな悠長なことを考えているわけもない。己の有利に働くように利用したい人はたくさんいます」

「若友さんは鉄道がお好きなんですか」

　少し驚いたように言った元義に、はいと俊次は頷いた。そして元義の方へ身を乗り出す。

「元義さん、師範学校へ行っておられたんだったら、蒸気機関車をご覧になったことがありますよね。世の中にあれほど勇壮で優美なものはない。あの汽笛の音、レールの上を走る音を聞くだけで、僕は胸が高鳴ります」

「はあ……」

ぽかんとした面持ちで返事をした元義に、必要以上に熱弁をふるってしまったことに気付いて、俊次はゴホンと咳払《せき》いをした。鉄道のことになるとすぐ熱くなってしまう癖を、いい加減に直さないといけない。

「この辺りの鉄道計画に陸軍省がどれだけ興味を持っているのか定かではありませんが、全く感知せずというわけではないでしょう。東京から人をやるほどではなくても、気がかりには違いない。だから沼田先生と面識のある、大阪の第四師団の井波少尉に同行を命じたのではないでしょうか。いずれにせよ、沼田先生から軍に強い働きかけがあったと思います」

俊次の打って変わった冷静な物言いに、我に返ったように瞬きをした元義は、心配そうに眉を寄せた。

「沼田先生が軍に働きかけはったんは、やはり鷹男様に対抗するためでしょうか」

「恐らくそうでしょうね。間中さんは、井波少尉が対処できなかったときのために来られたんだと思います」

頷いたそのとき、ちょうど鷹男が住む山の前に来た。しめ縄の向こうの深い緑を二人で見上げる。

静かだ。なぜか鳥の声ひとつ聞こえない。時間が止まってしまったかのような錯覚に陥る。

　刹那、ゴ、と音をたてて強い風が吹いた。

「あれは山師だぞ」

　背後でふいに声がして、うわ、と元義は声をあげて飛び上がった。俊次はといえば、飛び上がらなかったものの体を強張らせた。近付いてくる気配が全くせず、ただ風が吹いた後に唐突に現れるのだ。どうしても過剰に反応してしまう。

　今日も紺色の着物を纏った鷹男は、俊次と元義の様子を気にする風もなく淡々と続けた。

「あやつ、祈祷師を名乗っているが何の力もない。ただの山師だ。あの男に俺を封じることはできん」

　山師とは、人を騙《だま》して金品をまき上げる人間のことだ。

　離れから消えた鷹男が、なぜ間中のことを知っているのか。

「さっき村長さんの家で話していたことを聞いていたのか？」

「さっきの話は知らんが、昨夜は三人とも山に泊まったからな。何もかも筒抜けだ」

　当然、という物言いをした鷹男に、少し驚く。そして少ししか驚かなくなってしまった己に、また驚いた。

鷹男の不思議が当たり前にあるこの村にいるせいで、慣れてきたのかもしれない。

「あの祈祷師の目的は、やはりおまえを封じることなのか」

俊次の問いに、鷹男は小さく息を吐く。

「そんな生易しいもんじゃない。俺を退治すると言っていた。まあ所詮は偽者だから、退治などできるわけがないがな」

「祟り神ならわかるが、守り神を退治してどうする」

顔をしかめて言うと、鷹男がふいに視線を落とした。そこにいたのは元義だ。先ほど飛び上がった後、そのままへたり込んでしまったらしい。

「どうした、元義。具合でも悪いのか」

「いえ……。あの、鷹男様、五郎が大変なことをしでかしまして申し訳ありません」

漸《ようよ》う言葉を紡いだ元義の顔は青い。教え子が鷹男に石を投げたこと。沼田が軍人と自称祈祷師を連れて現れたこと。鉄道に陸軍省が関わっていること。様々な想定外の出来事を前にして、今更ながら鷹男が住む山を壊すのが怖くなったのかもしれない。

「それは別にかまわんが、おまえ、このところずっと祭事に出ていなかっただろう。俺が石を投げられようが、退治されようが、関係ないんじゃないのか?」

「そんな……、私は……」

元義は口ごもった。額にじっとりと汗が滲んでいる。

そうか。元義さんは祭事に出ていなかったのか。

古いものを捨てなければ、新しいものは得られない。――ある意味真実だろう。が、失うものが想像していたよりもずっと大きいと気付いてしまったら、どうすればいいのか。

しかし動き始めた事態は、容易には止められない。

「退治できないとわかったら、あきらめてすぐに帰るんじゃないのか」

気を取り直して言うと、いや、と鷹男は首を横に振った。

「簡単にはあきらめんだろう。あの政治家、前に来たとき散々脅してやったのに戻ってきた。恐れよりも利が勝っているんだろうよ。あの手の男はしぶとい。何か策を用意しているのかもしれん」

まるで他人事《ひとごと》のような飄々《ひょうひょう》とした態度の鷹男に、俊次の方が苛立った。

「じゃあどうするんだ」

「それは相手の出方次第だな。なんだ、俺の心配をしているのか？」

「違う。僕は力で制しようとするやり方が気に入らないだけだ」

「力でしか解決できないこともある。世の中には、どれだけ言葉を尽くしても話が通じない輩もいるからな」

「僕だって理不尽な力の行使には抵抗するさ。やられっ放しになるつもりなど毛頭ない。しかし、ぎりぎりまで力は使いたくない」

一度拳を振り上げてしまえば、途中で下ろすのは難しい。どちらかが完全に倒れ伏すか、どちらも立ち上がれなくなるほど疲弊するまで戦い続けなければならない。当事者だけでなく、周囲の人たちも否応なしに巻き込まれる。

そんなのは、誰にとっても不幸だ。

それに、いろいろな面で戦は無駄だと俊次は思う。

明治政府は西南戦争に始まり、不平士族との戦いに貴重な金をつぎ込んだ。その上、国土は荒れ、優秀な人材もたくさん失われた。新政府にも不平士族にも、それぞれの大義名分や面目があり、互いに譲れなかったことは理解できる。しかしあの莫大な資金、そして豊かな人材が揃《そろ》っていたなら、新しい時代をもっと大胆に、かつ繊細に前へと進められたはずだ。

戦は避けられるのであれば、最大限の努力をもって避けるべきだと思う。

「おまえはひどく現実的かと思えば、ときどき驚くほど甘いな。そういうところもおもしろい」

鷹男は愉快そうに笑う。

漸《ようよ》う立ち上がった元義は、驚いたように鷹男を見つめた。

「鷹男様も、そんな風にお笑いになるんですね……」

「うん？　俺は里に降りたときはよく笑うぞ」

「それは、そうなんですが……」

ははっとまた鷹男は笑った。

「わざわざここへ出向いたんだ。何か用があったんじゃないのか、元義」

元義はハッとした。

「あ、はい。沼田先生が今日の午後に鷹男様とお話ししたいとおっしゃっていて」

「約束を取り付けに来たのか。かまわんぞ。安太郎の家に行けばいいのか？」

「はい、お願いできますか？」

「ああ、行こう」

頷いた鷹男に、元義はありがとうございますと頭を下げる。

その姿がふいに、もっと小柄で痩せ細った男に入れ替わった。ぼろぼろの着物と草鞋《わらじ》。髷《まげ》を結っている。

頭を下げているが、上辺だけだ。下を向いた顔はいやらしく笑っている。

このままこいつを逃したら大変なことになる。

俊次は思わず男の腕をつかまえた。

「若友さん？　どうかされましたか？」

驚いたように呼ばれ、俊次は目を丸くした。目の前にいるのは、痩せ細った小柄な男ではなく元義だ。

いつのまにか元義の腕をつかんでいたことに気付いて、俊次は慌てて謝った。

「すみません。痛くなかったですか？」

「大丈夫です。若友さんこそ大丈夫ですか？」

「ああ、はい」

頷いたものの、俊次は目をこすった。どこか痛いとか、目眩《めまい》がするとかはない。

何だったんだ、さっきのは。

本当に目の前に、見知らぬ男がいきなり現れたようだった。男の粗末ないでたちや昔風の髪型は、昨夜の夢に出てきた童女や老夫婦とよく似ていた。夢が意識のどこかにまだ残っているのだろうか。

「俊次、少し休んでいけ」

鷹男の言葉に、俊次は眉を寄せた。

「別にどこも悪くない」

「そうか？　ここはたどり着くだけでも一苦労な村だ、疲れているだろう。怪しげな連中がいる安太郎の家では休めんだろうから、うちへ来い」

言うなり、鷹男は俊次の腕をつかんだ。そして気が付いたときには、鷹男の腕に横抱きにされていた。落ちかけた帽子を慌ててつかむ。

「何をする、下ろせ！」

「元義、昼すぎに行くから安太郎にそう伝えてくれ。俊次は俺が預かる」

俊次の抗議をまるきり無視して言った鷹男に、はいと元義は頷く。そして、暴れる俊次と、細身とはいえ成人した男を抱えているというのに、びくともしない鷹男をじっと見つめた。

「あの、鷹男様」

「なんだ」

「お社にお連れになるということは、若友さんを娶《めと》られるということですか？」

思いもかけない元義の問いかけに、はあ？　と俊次は大きな声をあげた。

「元義さん、何をおっしゃっているんですか。私は男ですよ！」

「ええ、それはそうなんですが。しかし祭事のとき以外でお社に入れるのは、鷹男様が娶られる方だけやと昔から言われているので」

なんだそれは！　と叫んでしまったのも仕方がないと思う。俊次はどうやっても逃れられない鷹男の腕の中から抗議した。

「鉄道には賛成するのに、なぜそんなところだけ信じているんですか！」

「信じているわけではないんですが、村ではそう言い伝えられているんですよ」

困ったように言った元義に唖然《あぜん》としていると、ははっと鷹男が愉快そうに笑った。

「元義、それはおまえたち村人が勝手に考えた迷信だ。そんな決まりはない」

ぎょっとして鷹男を見る。鷹男は悪びれる様子もなく白い歯を見せた。

仮にも神様扱いされているのに、迷信って言い切るなんて。

それでいいのか？

元義を見遣ると、案の定、驚いたように目を丸くしている。

「では俺は行く」

「あ、はい！　お待ちしております」

元義が慌てて頭を下げた次の瞬間、全身が沈むような錯覚を覚えた。視界がぶれ、反射的に強く目を閉じる。かと思うと、ふ、と体から力が抜けて、俊次は恐る恐る目を開けた。

目の前に広がっていたのは、村の全貌だった。家々が小さく見える。整えられた畦《あぜ》道《みち》や、田植えが終わったばかりの田、小さな畑が眼下に広がっている。

ああ、これは鳥の視点だ。

茫然《ぼうぜん》としていると、密着した体から直接笑う気配が伝わってきた。

「そんなに力を入れるな。心配しなくても落としたりはせん」

いつのまにか鷹男の首にしっかりと腕をまわしていたことに気付いて、慌てて力を抜く。そして改めてすぐ側にある鷹男の顔を見た。

灰色の空を背後にした精悍な面立ちには、おもしろがる表情が浮かんでいた。強く吹いてきた風が、艶やかな黒髪を揺らす。

こいつ、空も飛べるのか！

急所を攻撃されても、すぐに立ち上がった。気配を全く感じさせず、唐突に風と共に現れた。それらの出来事は、鷹男が物凄く頑丈で素早いだけだと言われれば、納得できないこともない。

しかし、空を飛ぶのは人間には絶対に不可能だ。

神かどうかはわからんが、とにかく、人じゃない。

ごくりと息を飲み込んでから、声が震えないように腹に力を入れる。

「別に、心配などしていない。そんなことよりも早く降ろせ」

「わかった。では急ごう」

ふ、とまた浮き上がるような感覚があった後、全身が上に引っ張られるような感覚が襲ってきた。思わずきつく目を閉じる。初めての強烈な感覚に耐え切れなくて、再び鷹男の首にしがみついた。

「おま、おまえっ、休んでいけと言っただろう！」

「ああ、言ったな」

「これではちっとも休めん！」

しっかりと目を閉じていても、物凄い速さで飛んでいるのがわかった。鷹男の愉快そうな笑い声が、強い風に煽られて方々に散っていく。

「すぐに休めるから安心しろ」

「嘘をつくなー！」

叫んだ自分の声も、あっという間に後方へ散らばった。

社は堅牢《けんろう》な造りだった。中も清潔で隙間風も入ってこない。

しかし、俊次にはそれ以上のことを細かく観察する余裕はなかった。

もう二度と飛びたくない……。

部屋の隅に敷かれた布団に伏せ、うう、とうなる。気持ちが悪い。

キシキシと床が鳴り、足音が近付いてきた。間を置かず、布団の横に腰を下ろす気配がする。

「おまえ、武術には優れていても空を飛ぶのには弱いんだな」

「あんなに急激に浮上したり、急激に降下したりしたら、誰だって気分が悪くなるだろう……」

「慣れていないからだ。慣れれば気持ちがいいぞ」

「あんなの、慣れるわけない……」

恨みを込めて見上げると、鷹男は湯のみを差し出してきた。

「水だ。飲め」

「ああ、すまん」

ゆっくり体を起こして湯のみを受け取る。一口飲んでから、礼など言うのではなかったと思ったが、もう遅い。己自身にムッとしながら水を飲む。

その様子を見守りつつ、鷹男が楽しげに言う。

「人を抱えて飛んだのは、おまえが二人目だ」

「二人目？　ということは、こんなに酷い目に遭った者がもう一人いるのか」

「あいつはおまえと違って喜んでいたぞ。まだ小さかったのに」

「小さい子を抱えて飛んだのか？　まさかてるちゃんじゃないだろうな」

「てるじゃない。もっとずっと昔の話だ」

初めて聞く懐かしむような口調に、俊次は鷹男を見た。精悍な面立ちが柔らかな表情に覆われていて、少し驚く。その骨ばった長い指は、また手首の数珠を撫でていた。

こんな顔もするのか……。

つい今し方まで一緒に空を飛んでいたにもかかわらず、人間くさいと思ってしまう。でも、寂しそうにしているよりずっといい。

なぜかふいに昨夜の夢に出てきた童女の顔が脳裏に浮かんだ。幼子の頬はこけているが、そこに浮かぶ笑みは明るい。

いつもは夢を見ても、時間が経てば忘れてしまう。それなのに少女の顔だけでなく、老夫婦の顔もはっきり覚えていた。先ほど元義と重なって見えた男の歪んだ笑みも、ありありと思い出せる。全て、夢ではなく現実にあったことのようだ。

「鷹男」

「なんだ」

「おまえ、人に幻を見せる力があるのか？」

鷹男は瞬きをした。

「まあ、やろうと思えばできないこともないが」

「その力、僕に使ったか」

「使った覚えはない」

なぜそんなことを聞くんだ、と言いたげに首を横に振った鷹男に、俊次は眉を寄せた。

じゃあ、あれは単に僕が見た夢幻か。

鷹男もつられたように顔をしかめる。

「おい、幻を見たのか？」

「いや……」

「見たなら見たと言え。俺の知らないところで何かの力が働いているとしたら、由々しき事態だ」

「いや、夢見が悪かっただけだ。それにおまえの言う通り、多少は疲れているんだろう」

実際、これほど山深い場所へ来たのは生まれて初めてだ。生まれ育った東京府は言わずもがな都会である。鉄道局に入ってから配属された神戸は、古くから港町として栄えてきた。父の会社の支社や若友の家の別荘もある。側に山はあるものの、海も身近なので、あまり圧迫感は感じない。

しかし、ここは周囲が全て緑だ。しかも季節は春。命の勢いが増した木々には威圧感すら感じる。

緑にあたったのかもしれん。

瞼を閉じてため息を落とすと、ふいにひんやりとした何かを額に感じた。驚いて目を開ける。額にあてられているのは鷹男の掌だ。

「熱はないな」

「だから、少し疲れただけだと言っているだろう。離せ」

「なんだ、恥ずかしいのか?」

「なんで僕が恥ずかしく思わなくてはならんのだ!」

言って、鷹男の手を振り払う。

しかし鷹男は気にする様子もなく余裕たっぷりに笑った。

「それだけ力があるなら大丈夫だな」

なんだこれは。僕が鷹男にわがままを言ったみたいじゃないか……。

しかも、なんで僕の顔はこんなに熱いんだ。

「おまえ、今日の話し合いに同席するのか」

なんとか顔の熱を逃そうと頬を叩いているところへ話しかけられ、へ、と間抜けな声をあげてしまう。見遣った鷹男はゆったりと胡坐をかいていた。

こちらをじっと見つめる鷹男に、慌てて答える。

「ああ、同席するつもりだ。沼田先生は鉄道反対派を説得するために来られたんだからな」

「同席はやめて村を見まわってくれんか」

真顔で言われて、俊次は瞬きをした。

「なぜだ」

「沼田とかいう政治家が何を仕掛けてくるかわからんからだ。あの軍人は多少できるようだが、おまえの敵じゃない。自称祈祷師は言わずもがなだ。何か仕掛けられても、おまえなら対処できるだろう」

「仕掛けるって何をだ」

「それがわからんから、こうして頼んでいる。おまえなら鉄道賛成派だろうが反対派だろうが関係なく、人がいわれなく傷つくのを見過ごしたりはせんだろうからな」

頼んでいると言いながら、鷹男は頭を下げることもなくこちらを見下ろしている。しかし張り詰めた空気は隠せていなかった。

空を自在に飛びまわる男が、何を恐れる。

鷹男がその気になれば、きっと人の一人や二人、簡単に殺《あや》めることができるはずだ。殺さなくても、動きを封じるだけでいい。

「おまえだったら、何があっても自分で対処できるだろう」

「ああ、できる。できるが、念には念を入れたい」

つまり、それだけ村人を守りたいということか。

俊次は鷹男を見つめ返した。青みがかった瞳に濁りはない。冗談を言っているわけではないのは確かのようだ。

「わかった。沼田先生に言って同席は断る。そのかわり村を見まわろう。何かあればすぐに知らせる」

「ああ、頼む」

口調はやはり偉そうだったが、鷹男が確かに安堵《あんど》したのが感じられ、俊次も思わずほっと息をついた。しかし何かがひっかかる。

鷹男は昨日、鉄道に必ずしも反対ではないようなことを言っていなかったか。

なぜだ。鉄道計画のせいで沼田たちのような他所者が村に出入りするようになり、警戒が必要になった。もし鉄道が通れば、村を追われるかもしれない。それなのに。

「山に穴があいたら、おまえはどうなるんだ」

「昨夜も言っただろう。祟り神になるかもしれん」

「おまえは祟り神にはならん。なったとしても、村には祟らん」

きっぱり言い切ると、鷹男は眉を動かした。

「何を根拠にそんなことを言う」

「おまえが村を大切に思っているからだ。憎しみがないのに祟るわけがない。山を追われたら、実際のところおまえはどうなる。どうするつもりだ」

おのずと問いつめる物言いになってしまったのは、鷹男に味方が一人もいないような気がしたせいだ。

もちろん村長やフサをはじめ、鷹男を信じている者は多くいる。しかし鉄道反対派の村人たちが守ろうとしているのは、神としての鷹男だ。当たり前といえば当たり前なのだが、それは味方とは呼べない気がする。なぜなら、村人たちは鷹男を信じていると同時に、恐れてもいるからだ。

鷹男は少し驚いたように俊次を見つめた。かと思うと、く、と喉の奥で笑う。

「そうだな。山を追われたら、俺がおまえの嫁になろうか」

「僕は真面目に聞いてるんだ」

「俺も真面目だ。おまえ、俺を哀れに思うのなら嫁にもらえ」

人を食ったような笑みを浮かべて返してきた鷹男に、おまえな、と反論しかけた俊次だが、口を噤んだ。

たぶん、鷹男にもどうなるかなんてわからないんだ。

江戸を生きた人々が、維新によって明治になったはいいが、自分たちの生活がどう変わるのかを欠片も想像できなかったように。

「……嫁にはもらわんが、おまえが新しく住むところを探してやってもいい」

軽く咳払いをして言うと、鷹男はにやりと笑う。

「わざわざ探さなくても、おまえが住んでいるところでいいぞ。狭いだろうが我慢してやる」

「狭いと決めつけるな。まあ実際、下宿は狭いがな」

「官吏というのは儲《もう》からないのか」

「世間と照らし合わせれば高給だと思うが、そもそも儲かるとか儲からないとか、そういう仕事じゃない。というか、大きなお世話だ。おまえに僕の給金をどうこう言われる筋合いはない」

ムッとして鷹男をにらむ。鷹男は悪びれる様子もなく、こちらを見返してきた。やけに楽しそうだ。なんとなく、こちらも肩の力が抜ける。

「どうせおまえは飲み食いしないんだから、金などいらんだろう」

「しかし人に混じって生活するなら、多少の金はいる」

「僕をあてにするなよ。自分で稼げ」

半ば笑いながら言った唇に、柔らかな感触が触れた。精悍な面立ちが目の前にある。接吻されたと気付いた次の瞬間、俊次は物凄い勢いで後退った。

「急に何をする！」

「急じゃなければいいのか？」

「いいわけないだろう！　急でも急じゃなくてもするな！」

やたらと顔が熱くなっているの感じつつ怒鳴ると、鷹男はにやりと笑った。

「いいじゃないか。おまえが可愛《かわい》らしい顔をするのが悪い」

「ばっ、可愛らしいってなんだ！」

鷹男がにじり寄ってきたので、また後ろへ下がる。しかしすぐに背中が壁に当たってしまった。逃げ場がない。

「可愛らしいから可愛らしいと言っただけだ。おまえ、色事には初心《うぶ》だな。馴染《なじ》みの女の一人くらいいないのか？」

「僕はお座敷遊びは苦手だ」

「確かに、女の唄や踊りを見ながら酒を飲むより、蒸気機関車の写真を見ながら一杯やる方が好きそうだな」

恐ろしく的を射たことを言われて、俊次は言葉につまった。芸妓《げいぎ》の踊りと蒸気機関車の写真。どちらかを酒の肴《さかな》に選べと言われたら、間違いなく後者を選ぶ。保線事務所の同僚ですら、俊次のように機関車そのものが好きな者はいない。

俊次の反応に、鷹男は楽しげに笑った。

「なんだ、当たっていたか？」

「う、うるさい。だいたい、初心も何も僕とおまえは男同士だぞ」

言い返している間に、また鷹男の顔が間近に迫った。逃げるのも癪《しゃく》で、青みがかった黒い瞳をにらみ返す。

するとと鷹男はもっともらしく眉を寄せた。

「男と男だろうが、女と女だろうが、男と女だろうが、人と神だろうが、人と妖だろうが、大切なのは情があるかないかだろう。この国は昔からそうやって縁《えにし》を結んできた。それなのに、新しい時代の方が随分とくだらないことを言うんだな」

「西洋の考え方だぞ。くだらなくなどない」

「何でもかんでも西洋のものだったら素晴らしいのか？ それこそくだらん。あちらが間違っていることだってあるし、遅れていることだってあるだろう」

あっさり言われて、俊次はまた言葉につまった。同性を愛することそのものは、それぞれの自由だと思う。古くは戦国の世からあると聞くし、もともとこの国はそうした関係に寛容だったはずだ。

しかし明治となった今、西洋文化の影響を受けた世間では、男同士で情を通じ合わせるなど異常だという考えが主流である。

とはいえ鷹男の言う通り、西洋のものが全て新しいわけではないし、正しいわけでもない。

僕も頭が固いな……。

俊次の沈黙を狙ったかのように、ちゅ、とまた唇を塞がれた。

「おまっ、だから、やめろと言っているだろう！」

「まあまあ」

「まあまあじゃない！」

怒鳴った俊次は、顔の熱が一向に去ろうとしないことに気付いた。

大声を出したせいだと断じる。鷹男の接吻が恥ずかしかったからではない。決して、そんなことはない。


村は穏やかだった。空は曇っているが、雨は降っていない。畑仕事に精を出す大人たちがあちこちに見受けられる。

田植えが終わったからか、子供たちの姿はほとんどなかった。ある程度大きな少年少女は皆、学校へ行っているのだ。

鷹男と共に村長の家へ戻った後、俊次一人だけ村を見まわるために外へ出た。

想像していた通り、沼田に同席を勧められたが、丁重に断った。もともと沼田にとって、俊次は頭数に入っていなかったのだろう、強く言われなかったのは幸いだった。

それにしても、いらん体力を使ってしまったな……。

社の中で逃げまわっている間に、二、三回鷹男を殴り倒した。が、鷹男はすぐに復活し、殴り倒した回数の倍くらい接吻された。真っ赤になっているのをおもしろがられていると気付いたときには、きつく抱きしめられて口づけられていた。力が抜けてしまう寸前にどうにかこうにか引き剥がし、いい加減にしろ、やめろと言っているだろうと一頻《ひとしき》り文句を言ったが、どこ吹く風、鷹男はにやにやと笑っていた。

その後、また鷹男に横抱きにされて山を下りた。一度目のときより気持ち悪くならなかったのは幸いだったが、なんでいちいち抱えるんだと怒ったことは言うまでもない。

そうして鷹男と喧々囂々《けんけんごうごう》とやり合っている間に、俊次は奇妙な既視感を覚えた。

私立学校時代、友人に誘われてお座敷遊びをした。遊び人の友人はよく花街に出入りしており、懇ろな芸妓もいた。友人は芸妓に殴り倒されていたわけではなかったが、二人の喧嘩のような、それでいて戯れのようなやりとりは、自分と鷹男のやりとりと似ていた気がする。

なんだそれは！

自分のあまりの発想に、思わず口許《くちもと》を手で覆う。

鷹男を殴り倒したのは、触られる度に熱くなる体が恥ずかしかったからで、嫌だったわけではない。

——嫌じゃないのか、僕は。

自覚して愕然《がくぜん》としたそのとき、前方から小さな少女が走ってきた。つぎだらけの粗末な着物を纏い、痩せ細ってるると同い年くらいだが、てるではない。つぎだらけの粗末な着物を纏い、痩せ細っている。

夢で見た子だ。

反射的に歩みを止めた俊次は、少女の後から二人の男が歩いてくるのに気付いた。

一人は、やはり夢で見た老爺だ。穏やかな表情で女の子の後ろ姿を見守っている。

もう一人は、スラリと伸びた長身を、こちらも粗末な着物に包んだ若い男だった。着物の丈が足りていないので、脛《すね》が丸見えになっている。恐らく老爺のものであろう鍬《くわ》と、己が使った鋤《すき》の二本を、軽々と片手で担ぎ上げていた。その精悍な面立ちには生々しい擦り傷が残っている。

間違いない。この顔は鷹男だ。

しかし、鷹男ではない。今よりも長い髪を後ろで束ねているのがその証拠だ。それに鷹男は今、村長の家にいる。そもそも、どんなに強い力で殴っても、その体には痣《あざ》ひとつ残らなかったのだ。擦り傷がある時点で鷹男ではない。

これは何だ。白昼夢か？

女の子が立ち止まり、振り返った。後ろから来る鷹男と老爺に笑いかけ、二人に向かって両手を伸ばす。老爺は笑みを浮かべて孫の手を握った。少女は躊躇うことなくもう片方の手を鷹男に差し出す。

鷹男は一瞬、戸惑ったような顔をしたが、笑みを浮かべて小さな手をそっと握った。少女はさも嬉しそうに目を細めて笑う。

女の子を真ん中にして、三人は歩き出した。まるで本物の祖父と息子、そして孫のようだ。

胸の辺りがほのかに温かくなった。

ああ、もういい。このままここで静かに暮らせれば、それでいい。

自分の感情のような、そうでないような、切ない思いがしみじみと湧いてくる。

「若友さん」

呼ばれて、ハッと俊次は我に返った。

立っていたのは二人の青年だった。一人は平助だ。もう一人は、確か村へやって来た最初の晩、元義や平助と共に離れを見張ってくれていた青年である。名は勇《いさむ》といったか。

老爺と鷹男、そして童女を見ていたせいで、ぼうっとしていたかもしれない。慌てて帽子を掲げ、こんにちはと応じる。すると、二人もこんにちはと頭を下げた。

「沼田先生とご一緒やないんですか？」

「ああ、はい。沼田先生は今、村長さんの家で鷹男、さんや村長さんと話し合っておられます」

鉄道賛成派とはいえ、村人の前で鷹男と呼び捨てにするのは気が引けて、かろうじてさんをつける。

そうですか、と二人は緊張の面持ちで頷いた。

「あのう、ちょっとご相談したいことがあるんですが」

「なんでしょう」

改めて向き直ると、平助と勇はそろって周囲を見まわした。俊次もつられて辺りを見渡す。

つい先ほどまではっきりと見えていた老爺と童女、そして鷹男の姿は、嘘のようにかき消えていた。遠くに畑仕事に精を出す村人たちが見えるだけだ。

「わしら、お山に……山に、入ろうと思うんです」

お山を山と言い直した平助を見下ろす。山というのは、鷹男が住む山のことだろう。

「決まった日以外には入れないと聞いていますが、今日がそうなんですか？」

「いえ。今日は入ったらあかん日です。決まった日以外の日に入ったら恐ろしいことが起こるて言われてる。けどそんなん迷信や」

きっぱりと言い切った平助に、勇も小さい声ながら興奮気味に続ける。

「迷信があるから、いつまでも鉄道に反対にするんや。そやからわしらは山に入って、山を守っても意味がないて反対派に知らしめようと思うんです。反対派の目ぇを覚まさせるには、それしかない」

勇が言い終えるのを待ちきれない、という風に、平助がまた口を開いた。

「沼田先生がおられる今が効果的やと思うんです。古い風習に囚われてたらあかんていう、沼田先生のお考えに説得力が出る。きっと反対派も、今まで以上に真剣に、先生の話に耳を傾けるでしょう」

「まずは、鉄道局の若友さんにわしらが山へ入るんを見届けていただきたいんです。何も起こらんかったら、改めて沼田先生にも立ち会っていただくということで」

「ちょっと、ちょっと待ってください。話が矛盾しています」

かわるがわる訴えてくる平助と勇を、思わず両手を振って遮る。

二人はきょとんとした。

「矛盾？」

「どういうことですか」

「平助さんたちは、お山へ入ってはいけないという言い伝えは迷信だと証明したいんでしょう？　それなのに、何も起こらなかったら、とおっしゃる。いきなり沼田先生に立ち会っていただくのではなく、その前に私に見せて、確証を得ようとしておられます。つまり、心のどこかでは、もしかしたら何か起こるかもしれないと思っておられるということだ。言い伝えを全く信じておられないわけじゃない」

ゆっくり嚙み砕いて言うと、平助も勇も言葉を失った。うろたえたように視線をさまよわせる。

鷹男の存在が当たり前の村で育った二人は、自分たちがやろうとしていることと、言っていることの矛盾に気付かなかったのだろう。

「信じる気持ちが少しでもあるのなら、お山へ入るのはやめた方がいいのではないですか？　万が一何かが起こったとき、それが禁を破ったせいではなくても、破ったせいだと思ってしまうでしょう。それに、何かが起こったら鷹男さんを信じている人たちに責められますよ。逆に鉄道反対派が増えてしまう可能性もある」

俊次の言葉を黙って聞いていた平助が、しかし、と声を絞り出す。

「それでは、いつまで経っても村は古い風習に囚われたままや。時代に取り残されてしまう」

「そうや。わしらは時代遅れの愚か者にはならん。迷信を破ったとこでバチなんか当たるわけないんや。わしはやる」

「おう、わしもや」

　再び勢いづいた平助と勇を、待ってください、と俊次は止めた。

「信じている方にとっては、あの山は禁忌の山です。山は村全体のものだ。あなた方だけの判断で汚していいものじゃないでしょう。強引なことはやめた方がいい」

「若友さんこそ矛盾してはります。若友さんかて鉄道を通したいんでしょう。強引なことせなんだら、鉄道は通りませんよ」

　さすがに今のこの状況で、僕は別に鉄道が通らなくてもいいんですとは言えず、俊次は沈黙した。

　二人の言う通り、鉄道を通すためには、「お山」をただの「山」へ変える必要がある。

　しかし中央政府ではなく村人自身がそれをやってしまったら、村人の間に遺恨が残る。きっと村は内部から崩壊してしまうだろう。

今回の鉄道計画は、そもそも地方にある村が栄えるためのものだったはずだ。それなのに、村が自ら壊れては意味がない。

黙ってしまった俊次が鉄道反対派の味方になったとでも思ったのか。平助と勇は冷たい目を向けてきた。

「とにかく、わしらは山へ入ります」

「行くぞ、勇」

踵《きびす》を返した二人を、ちょっと待ってください、と止めようとしたそのとき、待て！と太い声が聞こえてきた。

走ってきたのは、五郎の伯父の茂作だ。俊次が賛成派と言い合いをしているのが見えて、駆けつけたらしい。

「おまえら、何を騒いでる。若友さんが困ってはるやないか」

「頭の固い年寄りは黙ってぇ」

「何や、その口のきき方は！」

無造作に言い返した勇に激昂した茂作を、俊次は慌てて宥めた。

「落ち着いてください。僕は別に困っていませんから」

「そうや。その人は所詮この村の人やない。わしらが山に入ろうが入るまいが、関係ないし、何も困らはらへん。これはこの村の問題や」

茂作の怒気にあてられたのか、平助が大きな声で言い返す。

「そやから言うて、非礼をしてええということにはならんやろう。村の恥や。謝れ」

「うるさい、時代遅れの愚か者が偉そうな口きくな」

まずい、と思った次の瞬間、茂作は平助に飛びかかった。

「茂作さん、やめてください！」

慌てて茂作を羽交い絞めにする。身動きがとれなくなった茂作に、平助が殴りかかるのを見て、自然と体が動いた。

茂作を片腕で脇へ押し退《の》け、平助の拳をもう片方の掌で受け止める。そして押してくる力に逆らわず、体をかわす。結果、平助は殴りかかった勢いのままどっと倒れた。

ほんの一瞬で平助が倒れてしまったことに驚いたのか、茂作だけでなく勇も唖然として俊次を見た。倒れた平助も何が起こったかわからないようだ。地面に伏せたままじっとしている。

「すみません。大丈夫ですか？」

俊次が差し伸べた手をとることなく、平助は自力で立ち上がった。着物や掌についた土を払い、俊次をにらみつける。

「若友さんは、鉄道に反対されるんですね」

「まさか！　そんなことはありません」

「しかし今、わしはあんたに倒された！」

「いや、ただかわしただけです。でも結果的に倒してしまったのは申し訳ない」

「山に入るなて言わはるんも、鉄道を通したないからでしょう！」

平助が怒鳴る。俊次に倒されたことで、自分が茂作を殴ろうとしたことはすっかり頭から飛んでいるようだ。

いつのまにか、数人の村人が周囲を取り囲んでいた。茂作と平助の言い争いを聞きつけたらしい。

まずい。話が大きくなる。

俊次はできる限り穏やかな口調で言った。

「落ち着いてください。私は本当に鉄道に反対しているわけじゃない」

「けど若友さん、鉄道は通らんでもええておっしゃったやないですか」

横から口を出してきた茂作に、俊次は心の内で頭を抱えた。

今それを言っちゃだめだって！

通らなくてもいい、と、通したくない、は同義ではない。しかし頭に血が上った平助たち賛成派は、後者に解釈してしまう。

案の定、平助と勇はいきりたった。

「やっぱりな、どうもおかしいと思たんや」

「鷹男と一緒におったんは、そういうわけやったんやな！」

「だから、違うって言ってるじゃないですか。元義さんに聞いてくだされればわかります」

元義の名前を出せば少しは冷静になってくれるかと思ったが、二人は苦々しい顔になる。

「あの人はあかん。今頃になって慎重に考えるべきやて言い出すやなんて」

「そもそも、元義さんが古いままではあかんて言い出したんやぞ。それを今更」

山へ入ろうという考えは、元義のものではないらしい。なるほど、古いものを壊してしまうことにわずかでも躊躇《ちゆうちよ》を覚えた元義が、進んで禁忌を犯そうとはしないだろう。

「やっぱりわしらは行きます。ほんまかどうかわからんもんに怯えてる場合やない」

「若友さんは、庄屋さんの家へ戻らはったらどうですか。せいぜい反対派の味方しはったらええ」

歩き出した平助と勇を俊次が止める前に、茂作と二人の村人が立ち塞がった。

「ちょっと待て。今日はお山に入れる日やないぞ」

「お山を侵したら、村に災いが起こる」

村人たちはにらみあった。

「お山お山て、そんなもんは迷信や」

「だいたい災いて何や。何が起こるんや」

「そら日照りやら、大雨やら、疫病やら……」

「そんなもん、ただの偶然や」

「ただの偶然で、この村だけが何百年も平穏無事でいられるわけがないやろう！」

一触即発。殴り合いになってもおかしくない雰囲気だ。

鉄道が通っても通らなくても、昔のままではいられん。

鷹男の言葉が耳に甦った。恐らく鉄道計画が立った五年ほど前から今まで、互いへの不満が積もってきていたのだろう。それが今、爆発しそうになっている。

対峙している村人は平助、勇、茂作を含めて五人。多少の怪我をさせてもいいのなら、一人でも素手で応対できる。

けど、怪我はさせちゃいけないよな。

だからといって見過ごすわけにもいかない。

身構えたそのとき、ゴ、と音をたてて強い風が吹きつけてきた。咄嗟にきつく目を閉じる。

「何をしている」

低く響く声が聞こえてきて、俊次はハッと目を開けた。

いつのまにか、俊次のすぐ隣に鷹男が立っていた。唐突に現れることにはやはり慣れないが、今回ばかりはほっとする。

村人たちはといえば、あからさまに静かになった。平助と勇も、青い顔をして口を噤んでしまう。

「た、鷹男様、平助と勇が、お山に、入るて言うんです」

茂作が震える声で訴えた。反対派の村人たちも何度も頷いてみせる。

鷹男はゆっくり視線を巡らせ、平助と勇を見遣った。

二人はびく、と体を震わせたものの、どうにかこうにか鷹男と視線を合わせる。

「お、お山に入ったらあかんとか、そんなんは迷信や」

「不思議な力があるんは、ほ、ほんまかもしれん。けど、そんなもんは村には何の役にも立たん。日照りとか大雨とか、流行病《はやり》とか、天災をどうにかできるわけない」

震える唇を懸命に動かして言った二人に、鷹男は小さく笑った。

「確かに。おまえたちの言う通り、俺が村を守ってきたかどうかなんて目には見えん。だから真実かどうかはわからんよな。偶然かもしれん」

いや、そんな偶然はありえない。

平助と勇が山へ入ろうとするのは、天災に遭ったこともなければ、疫病の流行を目の当たりにしたこともないからだ。一度でもそれらの惨状を目にしていれば、禁忌を破って山へ入ろうとは思わないだろう。

しかし俊次は口に出しかけた否定を飲み込んだ。これは村人たちの問題だ。部外者の俊次が何を言っても無駄だ。

「しかし今、おまえたちが山に入ったことで何かが起こったら、それは確実におまえたちのせいだぞ」

断言した鷹男に、俊次はぎょっとした。茂作たち鉄道反対派も息を飲む。

脅してどうするんだ。

あからさまに怯んだ平助と勇に、茂作が声をかけた。

「平助、勇、お山に入るんはやめとけ。もし何かあったら責任とれるんか」

「何かて、何も起こらん。山へ入ることと天災は関係ない！　迷信や……！」

搾り出すように叫んだ平助に、そうか？　と静かに尋ねたのは鷹男だった。平助だけでなく、茂作もハッとして口を噤む。

鷹男は無表情で一同を見まわした。

「本当に、関係ないと思うか？」

低く、冷たい声だった。声量はないのに、耳の奥まではっきりと響いてくる。しん、と静寂が落ちた。なぜか鳥の声も、木々が揺れる音すら聞こえてこない。完全な静けさだ。

凍りついていた村人の中で一番に動いたのは、鉄道反対派だった。言い争いには加わらず、ただやりとりを見守っていた村人たちも動く。そして皆で一斉に平助と勇を捕まえた。

「ちょ、は、放せ！」

「何すんのや！」

語気の荒さとは反対に、平助と勇の抗《あらが》う力は弱い。あっさりと村人たちに連れて行かれる。

残ったのは茂作一人だった。その場に膝をつき、土下座する。

「た、鷹男様、申し訳ありませんでした。あの二人にはきつう言い含めますさかい、どうぞ、どうぞお許しください……！」

俊次は地面に伏せた茂作を見つめた。声も体も震えている。

鷹男は表情を緩めることなく、ただ頷いた。

「わかったならいい。山には絶対に入らんように、よく言い聞かせておけ」

「は、はい！」

顔を伏せたまま返事をした茂作は、せかせかと立ち上がってもう一度頭を下げた。

素早く踵を返し、平助と勇が去った方へ駆け出す。

その後ろ姿を見送った俊次は、鷹男に視線を移した。鋭く整った横顔には、やはり
これといった表情は映っていない。

俊次の視線に気付いたらしく、鷹男もこちらを見下ろしてきた。

青みがかった黒い瞳をまっすぐに見つめる。

「おまえ今、わざと脅しただろう」

「脅してなどいない。それよりもおまえ、平気なのか」

「何がだ」

何に対して平気かと聞かれているのかわからなかったので眉を寄せる。

すると鷹男は軽く目を見張った後、小さく笑った。

「わからないならいい。やはりおまえは俺の嫁に相応しいな」

「は？　何を言ってるんだ、こんなときにふざけている場合か。さっきのが脅しでなかったら何なんだ。元義さんには、社に入った者が嫁になるというのは迷信だって言ったじゃないか」

「それは本当に迷信だ。しかし決められた日以外に山へ入ったら、災いが起こるというのは迷信じゃない」

「僕はさっき入ったぞ」

「おまえには特別な力があるから問題ない。それに俺も同行していたしな」

淡々と言ってのけた鷹男は、皮肉な笑みを浮かべた。

「おまえだって、理不尽な力の行使には抵抗すると言っただろう。俺もやられっ放しになるつもりなどない」

「それなら、なぜ元義さんたちが鉄道に賛成した時点で祟らなかった」

「ただ鉄道に賛成するのと、実際に山を侵すのとは違う」

静かな口調だった。時代の流れには逆らえないと鷹男もわかっている。だから鉄道に賛成する村人にも、祭事に出なくなった村人にも、祟ることはなかった。

しかし、必要もないのに山を侵す行為は許さないというわけか。

鷹男にとってみれば当然のことかもしれないが、なんだか据わりが悪い。

今、目の前にいる鷹男は、どことなく今までの鷹男と違う気がする。

「鷹男、沼田先生に何か言われたのか？」

気遣うように問うと、鷹男はわずかに目を丸くして俊次を見た。が、すぐに微苦笑する。

「新しく住むところを用意すると言われた。県の金で立派な社を建てるんだと」

俊次は瞬きをした。沼田は金や力でねじ伏せるのではなく、反対派の意を汲《く》むやり方を模索したらしい。その方が丸く収まるし、事が早く進むと踏んだのだろう。やはり発想が商人だ。

「しかしおまえ、他所《よそ》へ移ることはできんと言っていただろう」

純粋に疑問だったので尋ねる。

すると鷹男は頷いた。

「他所へ移るのは無理だ。あの山自体に霊力がある。だからこそ俺は封印された。ただ新しい社を造ればいいというものではない」

ぽつ、と肩に水滴が落ちてきた。ぽつ、ぽつ、と続けて雨粒が空から降ってくる。

「雨だ」

帽子のつばを上げ、天を仰ぐ。

そして再び鷹男を見遣る。

鷹男も空を見上げていた。野趣あふれる端整な面立ちには、今まで一度も見たことがない険しい表情が映っている。

沼田に移住を勧められたこと以外にも、村長の家で何かあったのかもしれない。

「鷹男」

心配になって呼ぶと、鷹男は我に返ったようにこちらを見下ろした。おもむろに腕を上げ、俊次の頭の上に自らの袖をかざす。体を打っていた雨が遮られた。

「濡れるぞ。送っていくから安太郎の家へ戻れ」

「しかし……。村はもう見まわらなくていいのか」

「ああ、雨も降ってきたし、後は俺が見まわるからいい。世話をかけたな」

鷹男の声には、今まで一度も聞いたことがない優しさが滲んでいた。

それが余計に俊次の不安をかきたてた。

鷹男は本当に村長の家の手前まで送ってくれた。雨はますます強くなったが、不思議なことに鷹男の着物の袖で覆われた頭や肩だけでなく、体のどこも濡れなかった。

これも鷹男の力か。

俊次は改めて驚きつつ、こちらも少しも濡れていない鷹男を見上げた。

「おまえ、今夜も離れに来るか?」

「なんだ、来てほしいのか?」

からかうように尋ねてきた鷹男に、真顔で頷く。

「ああ、話がしたい。今日の話し合いで何があったのか、ちゃんと聞かせてくれ」

「聞いてどうする」

「沼田先生がどんな話をしたにせよ、おまえ一人が背負うのは間違っている。もし村長さんたちにも話せないことがあるのなら、僕に話してくれ」

まっすぐ見上げて言う。前にも感じたように、鷹男には味方が一人もいない気がしたのだ。村長や茂作ら反対派は村を案じているのであって、鷹男自身を案じているのではないように思える。

当然といえば当然なんだろうが、僕はそれが気がかりでならない。

「鉄道局の人間である僕がこんなことを言っても信じられないかもしれないが、おまえの力になりたい」

　鷹男はまじまじとこちらを見下ろした。しかしすぐ、ふ、と目を細めて笑う。

「今日はゆっくり休め」

「来いよ。来て話せ」

「じゃあな」

　鷹男は否とも応とも答えず、踵を返した。たちまち雨が全身を打つ。

　激しい雨の霧の向こうへ消えていく鷹男を見送っていると、村長の家の戸が開いた。

傘を持ったフサが飛び出してくる。

「まあまあ若友さん、ずぶ濡れやないですか、風邪ひきまっせ！」

「ああ、すみません」

　傘を差しかけてくれたフサに礼を言ってから、俊次は再び鷹男に視線を移した。

が、そこにはもう誰もいない。

　なぜか胸が強く痛んで、思わずシャツの胸の辺りをつかむ。

「さ、早《は》よ中へ入ってください」

「あ、はい、ありがとうございます」

　フサに促され、俊次は後ろ髪を引かれながらも家の中へ入った。

やっぱり何かあったんだ。沼田さんは鷹男に何を言ったんだろう。

「おお、若友君。降られてしもたんか」

声をかけてきたのはその沼田だった。囲炉裏のある広い板の間には、沼田の他に、村長と元義、そして井波と間中がいる。

「強い降りになってきました」

「昨夜もよう降っとったし、もう梅雨が来たみたいやなあ」

気さくに話しかけてくる沼田に、そうですねと応じていると、フサが手ぬぐいを渡してくれた。ありがとうございますと礼を言って受け取り、五人の様子を観察する。

沼田は朝と同じく上機嫌だ。無表情の井波、何を考えているのかわからない間中も、特に変わった様子はない。

反対に、村長と元義は深刻な顔をしていた。父と息子の間にあったわだかまりは消えている気がする。そのかわり、同じ種類の重い荷物を、二人揃って背負ってしまったかのようだ。

俊次は失礼しますと声をかけて板の間へ上がった。

「説得はどうなりました」

「まあ、一度の話し合いで説得するんは難しいわな。しかしわしが出した案は、鉄道に反対している村の人たちにも受け入れてもらえると信じておる」

「案とはどんな？」

「鷹男様に新しいお社を奉納する案や。間中先生はそういったこともおやりになるさかい。今のお社がどんなもんかわからんけど、それ以上の立派なもんを建てさしてもらう。鷹男様があの山から他へ移られたら、鉄道が通ってもかまわんやろ」

鷹男が言っていた通りだ。

「他に何か案をあげられましたか？」

「他にか？　いや、特には何も言うておらんな」

そうですか、と相づちを打った俊次は、並んで座っている村長と元義を見遣った。

この二人は沼田さんの案をどう思ったんだろう。

そもそも、鷹男に移住してもらうという考えそのものが、村長にも元義にもなかったように思う。極楽村で生まれ育った二人にとって、鷹男と山はひとつのもので、切り離す発想はなかったのではないか。

お山に穴があかなければ鉄道に賛成しますかと尋ねたとき、村長を含めた反対派は一瞬、黙り込んだ。恐らく山に――鷹男が住む場所に関係がないのなら、強固に反対しなくてもいいのではと思ったのだ。そんな村長にしてみれば、鷹男を変わりなく祀ることができる案は魅力的だったに違いない。

　また、己は急ぎすぎたのではないかという不安を持っていた元義にとっても、願ってもない案だっただろう。鷹男が別の場所に移ることができれば、村はその庇護《ひご》を失うことなく鉄道を通せる。間中が偽者なら、どうにかして本物を連れてくればいい。鉄道が通っても鷹男を今までと同じように祀れるとしたら、賛成派と反対派との間にできた深い溝も埋まるかもしれない。

　要するに、村長も元義も、鷹男さえ新しい社に移住してくれれば何もかもがうまくいくと思ったのだ。鷹男はそれを敏感に感じ取った。だから険しい表情をしていたのだろう。

　ふと横顔に視線を感じて振り返ると、フサが物言いたげにこちらを見ていた。フサは話し合いには参加していなくても、やりとりを聞いていたはずだ。

「ちょっと失礼。厠《かわや》をお借りします」

　言って、俊次は再び立ち上がった。厠は外にあるから、家を出て話すことができる。俊次の意図を理解したらしく、フサが後をついてきた。

　外はまだ雨が降っていた。ざあああ、という激しい音が四方八方から押し寄せてくる。

軒先で足を止めると、フサも立ち止まった。そして不安げに空を見上げる。

「雨がやみませんなあ。これでは、せっかく植えた苗が腐ってしまう……」

そういえば、村に来た日も道がひどくぬかるんでいた。前日まで雨が降り続いていたのだと、平助が説明してくれたことを思い出す。昨日今日の分と合計すると、かなりの量の雨が降っていることになる。

「やっぱり、鷹男様がお怒りなんやろか」

「話し合いのとき、鷹男、さんは怒っていたのですか」

俊次の問いに、いいえ、とフサは首を横に振った。

「怒ってはおられませんでした。ただ静かに、沼田先生の話を聞いておられた」

「新しいお社については、何か言っていましたか?」

「移住するんは無理やて言わはりました。そらそうです。あのお山は鷹男様のお住まいや。鷹男様そのものや。移ることができるんやったら、村が反対派と賛成派に分かれる前に移っておられたでしょう」

村が二分されてしまった現状について、鷹男は二度と元には戻らないと言っていた。自分でどうにかできるのなら、とうにやっていただろう。

「村長さんと元義さんは、鷹男さんの返事を聞いて何か言われましたか」

「いえ。ただ元義は、本当に無理なのですかと何度も鷹男様に尋ねてました。安太郎は、その様子をじっと見てるだけで……。それに、鷹男様がうちに来られる前、若友さんがお山へ行っておられたちょっとの間に、井波さんが集まってきた賛成派の若い者《もん》を焚《た》きつけはって……」

きつく眉を寄せたフサに、俊次は平助と勇が山へ入ると言っていたことを思い出した。

「若い者とおっしゃると、平助さんたちですか」

「はい。神を信じるんはともかく、山を守ることに意味はあるんかて尋ねはったんです。どうということはないただの山やないかて。そんなもんを信じてるやなんて、時代遅れの愚か者やて言わはったんです。私もさすがに聞き咎めて、若い者《もん》を無闇に焚きつけんといてくださいてお願いしました。元義も止めたんですけど、平助やら勇やらはすっかりその気になってしもて……」

フサの心配は取り越し苦労ではなかった。平助と勇は挑発されていきり立ち、早速山へ入ろうとしたのだ。わしらは時代遅れの愚か者にはならん。そう言っていた。

沼田さんは随分とやり手だな。

新しい社を建立して村の信仰を守る体裁を整えながら、他方で山を貶《おとし》める。鷹男を貶めるわけではないところが、姑息《こそく》といえば姑息だ。そもそも予告なしにやって来たのも、政治家が軍人と祈祷師を連れて行くと事前に知らせれば、村人たちが警戒すると判断したからかもしれない。

沼田に誤算があったとすれば、元義が井波の挑発に乗らなかったことだろう。これで鉄道賛成派は二つに分かれてしまった。

「鷹男様は、どないならはるんでしょうか」

フサがぽつりと言う。

俊次はため息を落とした。

「わかりません。でも、この村を見捨てるようなことはないと思います」

「万が一、血の気の多い若い者がお山を汚《けが》してしもても、ですか」

俊次は鷹男の言葉を思い出した。

おまえだって、理不尽な力の行使には抵抗すると言っただろう。俺もやられっ放しになるつもりなどない。

本気で言っていたのか、そうでないかはわからない。しかし鷹男が山へ入るという村人を脅したことは事実だ。何らかの事情があって脅したのだとは思うが、恐らく山へ入る者には容赦しないだろう。

俊次は改めてフサに向き直った。

「鷹男さんを大切に思うのでしたら、鉄道賛成派の若い人たちがお山へ入るのを全力で止めてください。僕も、鷹男さんが村と良い関係でいられるように力になりますから」

俊次が本心から言っていることが伝わったようだ。フサは真剣な表情を浮かべ、はいと頷いた。

雨は、弱まる気配もなく降り続いている。

目の前に広がっているのは茜《あかね》色に染まった村だ。四方を囲む紅葉した山も家々も田畑も、全てが夕日に染められている。畦道にしゃがみ込んでいる少女と少年も、頭から足の先まで橙《だいだい》だ。

ついと蜻蛉《とんぼ》が目の前を横切る。ここ数日で日が沈むのが随分と早くなった。少し離れた田畑で作業をしていた村人たちも帰り支度を始めている。

すぐ側の畦道を通った男が、お疲れさんと朗らかに声をかけてくるのに、頭を下げて応じた。

おい、帰るぞ、と男が少女の側にいた少年に声をかける。少年は少女にまたなと手を振り、男に駆け寄った。二人は近くに住む親子だ。今年十になるという少年は、こちらにもきちんと頭を下げてよこす。

村に落ち着いて四月ほどが経った。村人たちにも少しずつ受け入れてもらえるようになってきている。

この夏は雨がよく降ったが、日もよく照った。作物も病に罹らなかった。今年はきっと豊作だろう。木は立派に育ち、獣もよく獲《と》れていると聞く。天災や疫病がなければ、それなりに豊かな村なのだ。

そろそろ帰るぞ、と少女に声をかけると、パッと丸い顔が上がる。たたた、とこちらに向かって駆けてきた童女は、小さな手を差し出してきた。

「あんな、これ、作ったん」

少女の手が握っていたのは、こげ茶色の小さな木の実をつなぎ合わせた数珠だった。つやつやとした表面が、夕日を受けて明るく輝く。

「糸はお祖母《ばあ》ちゃんにもろたんやけど、これはわたいが拾《ひろ》て、あと、たっちゃんにもさっき、拾うの手伝《てつど》うてもろてん」

たっちゃんというのは、先ほど一緒にいた少年のことだ。少女は随分と懐いている。

「けどな、つないだんはわたいやで。あげる」

俺にくれるのか？

「うん。あげる」

少女はにっこり笑う。

ありがとうと礼を言って、数珠を受け取る。

上手にできているな。

「ほんま？」

ああ、上手だ。

頷いて手にはめる。が、掌が大きすぎて手首までいかない。

目を輝かせて数珠をはめる仕種を見ていた少女が、しゅんと肩を落とす。

「小さかった……」

うつむいてしまった小さな頭を優しく撫でる。

あと少し糸を足せば大丈夫だ。帰って糸をもらったら、大きくしてくれるか？

うん！　と少女は大きく頷いた。

頷き返して数珠を大事に左の掌で包み、右手を少女に向かって差し出す。再び顔を上げた少女は、嬉しそうに笑った。そしてきゅっと手を握ってきた。

武士の家に生まれ、戦漬けの毎日だった。こんなに穏やかな気持ちになったことはない。

体の傷はとうに癒えた。兄や、兄の言い分をそのまま信じた主君や友、親戚、情人を思うと、今も腸《はらわた》が煮えくり返る。同時に、悔しくて悲しくて苦しくてどうしようもなくなって、夜中に一人、叫び出しそうになるのを歯を食いしばって堪えることもある。

しかし朝起きれば、少女が笑ってくれる。少女の祖父母も温かく接してくれる。三人と共に穏やかに暮らしていると、すまん、と謝った友や、逃げろ、と言ってくれた同輩のことを思い出す。無実だとわかってくれていた者もいたのだ。そう思うとほんの少しではあるが、気持ちが安らぐ。

左手の中にある数珠と、右手の中にある少女の手を、確かめるようにしっかりと握った。

俺は、ここで生きていく。

今はまだ腹の底にどろどろと渦を巻いている恨みや憎しみも、この村で暮らしていくうちに、きっといつかは消えるだろう。

雨音が強くなって、俊次はふと目を覚ました。

辺りは真っ暗だ。夜明けにはまだ時間があるらしい。

沼田と井波と間中の三人が離れを使っているため、俊次は母屋の奥にある小さな座敷で休むことになった。木戸を隔てた向こうでは村長夫婦と元義が眠っているはずだが、ひっきりなしに続く雨音のせいで、その気配は伝わってこない。

なんか、凄くいい夢見たな……。

女の子から手作りの数珠をもらった。

朝からずっと、何かを一生懸命作っていたのは知っていた。少年に手伝ってもらいながらも、あくまでも自分自身で作ろうとしているのを、微笑ましい気持ちで見ていた。が、それを己がもらえるとは思っていなかった。嬉しかった。

深いため息を落とした俊次は、はたと我に返った。

朝からずっと、てなんだ。

夢は夕方の風景だった。朝の場面は見ていない。

――ただの夢じゃないのか。

数珠を作ってくれた女の子は、前にも夢に出てきた。粥にむせた背中を摩ってくれたのはあの童女だ。昼間見た幻覚の中で髪の長い鷹男と一緒にいたのも、同じ少女だった。

少女が作ってくれた木の実の数珠は、鷹男がいつも手首にはめているものと同じだ。時折優しい仕種で撫でているのを目にしている。

どうやらこの村に来てから幾度か見てきた夢や幻は、鷹男の過去らしい。

なぜ僕がそんなものを見るんだろう。

気が付けば、かなり鷹男に肩入れしている自分がいる。だから見るのかもしれないし、鷹男が言っていたように、先祖の特別な血のせいかもしれない。

あんなに穏やかに暮らしていたのに、なぜ祟り神なんかになったんだ。

あまりにも長い時間が経ちすぎて、よく覚えていないと言っていた。とにかく憎くて悔しくて、どうしようもなかったことしか思い出せない、と。

何があったのか、鷹男から直接話を聞きたい。

姿が見えないかと目をこらす。

こんな雨の夜だ。室内には一筋の月明かりも入ってこない。ただただ暗闇が広がっているばかりで、誰の姿も気配もない。

「来いって言っただろうが……」

今までは呼んでいないのに勝手に来た。

そのくせ、呼ぶと来ない。

「くそ……」

小さく悪態をついて、俊次は寝返りを打った。

とりあえず明日、平助や勇たち、井波に焚きつけられた鉄道賛成派と改めて話をしよう。もちろん、沼田たち抜きで、だ。できれば村長と元義とも、沼田たちのいないところで話したい。

話したところで、何も解決しないと俊次にもわかっていた。沼田が鷹男の移住を示唆したことで、鉄道賛成派は割れた。しかし同時に、完全な反対派もいなくなってしまった。今の流れでいけば、鉄道は通ることになるだろう。

通るのが避けられないなら、できる限り遺恨のない形で通したいと思う。

鉄道が通った後も、村人たちはこの村で生きていかなくてはいけないのだ。賛成派と反対派のわだかまりは、最小限にしておかなければ。

雨音がやむ気配はない。フサは鷹男が怒っているせいだと考えているようだったが、俊次にはそうは思えなかった。

これは嘆きの雨ではないのか。

村人への嘆きではない。神すらも止められない時代の流れへの嘆きだ。

遅かれ早かれ、鷹男は山を追われる。

改めて目を閉じた俊次は、鷹男がここに来ればいいのに、とまた思った。

側にいれば、あの孤独な男を少しは慰められるかもしれないのに。


俊次、と呼ばれて振り返る。

そこには鷹男が立っていた。既に見慣れた紺色の着物を纏っている。

場所は村長の住む母屋の一室だ。昨夜から使わせてもらっている部屋である。

ああ、これは普通の夢だなと思う。

今まで見た夢では、俊次自身が鷹男になっていたため、鷹男の姿をこうして客観的に見ることはなかった。

だからこれは鷹男の記憶ではなく、ただの夢だ。布団の中で鷹男を待ちながらあれこれ考えているうちに、再び眠ってしまったらしい。

おまえ、いつまでこの村にいる。

鷹男の問いに、俊次は答えた。

予定では明後日《あさって》までだが、沼田先生たちが滞在しておられる間はいるつもりだ。

すぐに帰れ。

語尾を遮るように強く命令されて眉を寄せる。

何を言ってるんだ。僕は帰らない。沼田先生たちに任せていたら、村が滅茶苦茶《めちゃくちゃ》になってしまう。

おまえがいたって同じことだ。どうせ村は滅茶苦茶になる。鉄道も通る。おまえにできることは何もない。

鷹男は淡々とした口調で言う。

一瞬、カッとなりかけた俊次だったが、精悍な面立ちに浮かぶ静かな表情に気付いた。鷹男に揶揄《やゆ》する意図はない。ただ事実を言っているだけだ。

俊次はまっすぐに鷹男を見つめた。

僕は帰らない。

鷹男はわずかに眉を動かす。

なぜだ。

確かに村は混乱するだろう。鉄道も通る。それは僕にはどうすることもできない。しかし鉄道が通った後、村の人たちが憎しみ合ったり、諍《いさか》いを起こしたりしないようにしたいんだ。そのために言葉を尽くして行動もする。結果的には何の役にも立たないかもしれないが、僕はそうしたい。だから帰らない。

——きれいごとだな。

ぽつりと言われたが、動じなかった。

きれいごとだというのは百も承知だ。でもこれは、僕がやりたいからやるんだ。村のためにやるんじゃない。

好きか、嫌いか。興味があるか、ないか。やりたいか、やりたくないか。そういう基準で生きてきた。僕は所詮、自分勝手な人間だ。

夢の中の出来事だとわかっているからか、なんだか急に開き直った気分になった俊次は、それに、と続けた。

おまえのことも気がかりだ。どうして来なかったんだ。話がしたいと言っただろう。

にらみつけると、鷹男は目を丸くした後、愉快そうに笑った。

今、来ているだろう。

何を言ってるんだ。夢の中に出てきたって意味がない。こんなの、ただ僕の願望を映しただけじゃないか。

願望か、と鷹男はつぶやいた。かと思うと俊次の腕をつかみ、強い力で引き寄せる。ぶつかる勢いで鷹男の腕の中に倒れ込んだ俊次の耳に、低く響く声が注がれた。

じゃあ、俺がこんな風にするのもおまえの願望なんだな。

ばか、違う、僕は。

言っただろう、哀れに思うということは、惚れたということだ。

哀れだけじゃない。哀れだけで、こんな。

こんな？

逃れようともがいていた俊次は言葉につまった。鷹男の味方になりたいという焦りのような感情があるのは確かだ。流れに逆らわず、甘んじて滅びようとするその姿に、切ないような、苦しいような気持ちになる。

雨の中を去っていった鷹男に、ひどく胸が痛んだことを思い出した。哀れに思っている。しかしそれだけではない。――自分でも、この村へ来てたった数日で芽生えた気持ちを、どう表現していいかわからない。

どんなだ、俊次。

重ねて問われて顔を上げた瞬間、唇を塞がれた。すかさず濡れた感触が口内に忍び込んでくる。抗議の意味を込めて鷹男の肩を拳で叩いたが、びくともしない。敏感な部分を思う様舐めまわされ、全身が跳ねた。喉の奥から漏れた己の声は、確かな色を含んでいる。前に接吻されたときと同じだ。体が芯から熱くなる。

ああ、だめだ。気持ちがいい。

僕は、こんなことを望んでいたのか。

鷹男の肩を叩いていた拳は、いつのまにか解《ほど》けていた。かわりに紺色の着物にしがみつく。

――俊次。

ふ、と離れた唇が熱っぽく呼んだ。そして乱れた息を吐いている俊次の首筋に吸いつく。

小さな痛みが生じて、あ、と声をあげてしまう。

その声を食らおうとするかのように、鷹男は再び口づけてきた。たちまち唇が深く重なる。

もはや抗う気も力もなく、俊次はただ貪るような口づけに応えた。

こんな接吻は――こんな、情と欲の全てをぶつけるような交わりは初めてだ。

鷹男の手が寝間着の隙間から入り込んできた。熱い掌が直接肌を這《は》って、心臓が張り裂けそうなほど高鳴る。

ほどなくして鷹男の指が胸を飾る小さな突起を捕らえた。指先でつまむようにされ、鋭い快感が生じる。

立っていられない――。

かく、と膝から力が抜けると同時に、また唇が離れた。俊次の腰に腕をまわしてしっかりと抱きとめた鷹男が、互いをつないだ細い糸を名残り惜しげに舐めとる。それだけでも刺激になって、俊次は色めいた声を漏らしてしまった。

俊次。

また甘い声で呼ばれて薄く目を開けると、鷹男は情欲と愛《いと》しさを滲ませた笑みを浮かべた。

おまえの気の済むまでいろと言いたいところだが、そうはいかんのだ。おまえは明日になったら村を出るんだ。いいな。

翌朝になっても、雨はまだ降っていた。

土間で手水《ちょうず》を使わせてもらい、身支度を整えた俊次は軒先まで出てみた。たちまちひんやりとした冷たい空気が全身を包む。

夜は明けているのだろうが、空が分厚い雲に覆われているため、辺りは薄暗かった。絶え間なく降り注ぐ雨粒のせいで、山々はぼんやりとした霧に包まれているように見える。

昨日フサが言っていた通り、これでは苗が腐ってしまう。

「どうにかできないのか、鷹男」

語りかければ姿を見せるかもしれない。期待を込めてぼそりとつぶやく。

改めて周囲を見まわしたが、鷹男の姿はどこにもなかった。おのずとため息が漏れる。

昨夜は結局、鷹男は来なかった。平助と勇が山へ入ろうとしたことに、よほど腹が立ったのか。あるいは、沼田の話を聞いた後の村長や元義の態度が気に食わなかったのか。

それならそれで、僕に言えばよかったんだ。

雨の中、遠ざかる鷹男の後ろ姿が脳裏に浮かんだ。あのとき、一線を引かれたような気がした。今までの鷹男ではないように思えて、胸が痛んだ。

だから鷹男が訪ねてくる夢を見たんだろうか……。

俊次は己の唇を指先でそっと撫でた。鷹男の熱い唇と舌の感触が残っている気がする。弄《いじ》られた乳首も熱をもっているようだ。

妙に現実味のある夢から覚めたときの気恥ずかしさといったらなかった。なにしろ性器があからさまに反応していたのだ。熱が去るまで、布団の中でしばらく動けなかった。

神戸に来てから、慣れない土地ということもあり、廓《くるわ》へ行くことがほとんどなかった。もともとそれほど性欲が強い方ではないが、気付かないうちに溜《た》まっていたのかもしれない。

しかしいくら欲求不満でも、女ではなくあんな夢で欲情するとは……。

僕も鷹男のことを、そういう目で見ているのか。まさか。――でも、そうなのかもしれない。気になるということは、惹《ひ》かれているということだ。いやでもしかし。

一人懊悩《おうのう》した俊次は、次第に腹が立ってくるのを感じた。

だいたい、あいつが来ないから悪いんだ。だからあんな夢を見てしまった。おまけに帰れと言われたし。

なぜおまえにそんなことを言われなくちゃならないんだ。僕は帰らないぞ。

夢の中の出来事に憤っている自分にふと気付いて、俊次は再びため息を落とした。願望だろうがそうでなかろうが、鷹男に振りまわされているのは事実だ。

「おはよう」

声をかけられて振り返る。雨を避けるように離れから走ってきたのは井波だった。

この男が賛成派の若者たちを焚きつけたというフサの話を思い出し、気を引き締める。鷹男にばかり気をとられている場合ではない。

「おはようございます」

「よく降るな」

「ええ、本当に」

頷いた俊次の横で足を止めた井波は、俊次と同じくらいの背丈だった。シャツに軍衣袴《ばかま》――軍用のズボンという格好だ。俊次も洋装なので、この軒先だけ文明開化が起こったかのようである。

「沼田先生と間中さんはまだお休みですか」

「ああ。一昨日は山で夜を明かしたからな。温かい飯を食って、屋根のあるところで眠ることができて、ほっとされたんだろう」

沼田は同郷だと言っていたが、井波の言葉に西の訛りはほとんどなかった。恐らく、士官学校での生活と軍隊生活の中で失われたのだろう。

「確かに急峻な山道でしたね。私が来た日は晴れていたのでなんとかたどり着けましたが、こんなに雨が降ったら、入ることも出ることもできません。もし鉄道が通ったら、天候に左右されることなく誰でも自由に村を出入りできるようになるでしょう」

井波はこちらに視線を向けた。鋭いというよりも、何を考えているのかわからない無表情な目だ。親戚や親しい友人に軍人になった者はいないから、余計にそう思うのかもしれない。

「貴君は鉄道に反対ではないのか」

「まさか。私は鉄道局の人間です。鉄道を通すのが仕事です。ただ、鉄道のために先祖伝来の土地を提供した後、実際に鉄道を利用するのは村の方たちだ。村の方たちの反対をねじ伏せてまで、鉄道を通す必要はないとは思っています。鉄道が悪いわけではないのに、鉄道が憎まれるのは忍びない」

「鉄道はただの交通手段ではない。国家事業だ。いちいち民の事情を汲んでいては、成るものも成らん。大局を見失っては元も子もないだろう」

「おっしゃる通りです。しかし国の礎は人だ。軍隊だって人で成り立っている。人をないがしろにする国家に未来があるとは思えません。それは鉄道も同じだと思います」

間髪を入れずに言い返すと、井波はゆっくりと瞬きをした。怒るかと思ったが、物珍しげに俊次を見る。

「鉄道局の官吏というのは皆、貴君のような考え方なのか」

「いえ、違うでしょう。鉄道局に限らず、ほとんどの官吏は少尉のお考えに近いのではないでしょうか。私は官吏といっても帝大を出たわけでもない平民出身の下っ端ですし、この先上に立てる見込みもないはぐれ者ですので」

苦笑した俊次に、ふむ、と井波は頷いた。

「つまり、変わり者というわけか」

「有体にいえば、そうなりますね」

「なるほどな。しかし私は自分の考えが間違っているとは思わん」

「ええ。私も少尉が間違っておられるとは思いません。だからといって、私の考えも、他の考えも間違っているとも思いません。正しいことはひとつ限りではない」

商人として生きる父が間違っているとは思わないし、武士にこだわり続ける祖父が間違っているとも思えない。幼い頃の俊次の目には、世の中には「正しい」がいくつも同時に存在しているように見えていた。それは今も変わらない。

井波はじっと俊次を見た。俊次もまっすぐに井波を見返す。

「確かに変わり者だな」

井波が真顔で言ったそのとき、離れの戸が開いた。出てきたのは間中だ。昨日と同じ、和洋折衷の奇妙な衣服を身につけている。髪はやはりぼさぼさだ。

俊次と井波に気付いた間中は、ぺこりと頭を下げた。

「ああ、おそろいで。おはようございます」

おはようございます、と返しつつも俊次は少し驚いた。

この人の声、初めて聞いた。

若い声だ。どうやら俊次とそれほど変わらない年らしい。

「それにしてもよう降りますなあ。あ、すんまへん、前をちぃと失礼しますよ」

母屋までの短い距離を駆けてきた間中は、頭を下げて井波と俊次の前を横切った。

そのまま母屋へ入るのかと思いきや、俊次の横に並ぶ。そしてちらとこちらに視線を投げてきた。

「朝っぱらからこんな話であれでっけど、若友さんは鷹男さんと親しいんでっか」

「いえ、親しいわけではありません」

「しかし村の人が鷹男さんと一緒におられるとこを見たて言うてましたで。他所の人に鷹男さんがあんな風に親しげに接するんは初めてやて」

西の訛りが強い口調で言われて苦笑する。

「私が過剰に鷹男さんを恐れないから、親しいように見えるのではないですか」

「なんで怖ないんです。相手は神さんでっせ」

「なぜと言われても困りますね。単純に怖いとは思えないからですよ」

本当のことだ。どんな不思議な力を見せられても、俊次の目には一人の孤独な男にしか見えない。

すると間中は何を思ったのか、声を潜めた。

「鷹男さんが、ほんまはただの手妻《てづま》使いやて知ってはるから怖ないんでっしゃろ」

「手妻使い？」

思わず聞き返すと、しぃ、と間中は人差し指を唇にあてた。雨音にかき消されそうなくらい小さな声で咎めてくる。

「声が大きい。村長さんらに聞かれたらえらいこっちゃ」

「しかし、手妻とは……」

「今風に言うたら奇術でんな。あの男、それで村の人らを騙してるんでっしゃろ。こないな山奥の僻邑《へきゆう》の村に暮らしとったら、そらコローッと騙されますわな。いやほんま、気の毒なことや」

俊次はまじまじと間中を見た。

どうやら鷹男は昨日、この男たちの前で不思議を見せなかったらしい。

否、見せたけど信じなかったのか。何か仕掛けがあると思ったのかもしれない。

しかしどんな仕掛けがあろうとも、空は飛べん。

鷹男の力は本物だ。

「わしみたいな仕事してると、こういう案件がようあるんですわ。江戸の頃からの思い込みというか迷信というかね。特に田舎はひどい。文明開化もヘッタクレもあったもんやない」

「あなたの力も手妻ですか？」

間中が何を言いたいのかがつかめなくて、そんな風に尋ねる。

すると間中は、いえいえいえ、と何度も大きく首と手を横に振った。

「何をおっしゃいますやら。私の霊力は正真正銘、本物でっせ。けど大抵の場合、私がわざわざ力を使う必要がないんですわ。真の妖怪というものには、そうお目にかかりまへんよって。だいたいが思い込みを指摘してやれば解決します」

「極楽村の場合、東の山へ入るのがその一歩だろうな」

口を挟んできたのは井波だ。この男も鷹男の力を信じていないらしい。

まあ、だから平助さんたちに山へ入れと言えたんだろうが……。

沼田に鷹男は手妻使いだと言い含められたにしても、この山深い村へ来て、もしかしたら、と思わない辺り、井波も間中もある意味肝が据わっている。沼田の人選は確かだ。

「沼田先生も、そのようにお考えなのでしょうか」

ああと応じたのは井波だった。

「以前に来たとき一緒だった東京の官吏は、怯えて取り乱してしまったらしくてな。とても説得どころではなくなって、仕方なしに帰ってこられたそうだ」

「若友さんはたった一人で村に入られたのに、少しも怯える様子がない。豪胆や。男はああでなくてはいかんて褒めておられましたで」

はあ、と俊次は頷いた。沼田も鷹男の力を信じていないのか。――いや、今回間中を連れてきたということは、一旦は信じたのだろう。しかし村を出て家へ帰りつき、そんな不思議な力などあるはずがないと思い直したのかもしれない。全部まやかしだ。手妻だ。そう思ったからこそ戻ってきた。

「若友さんにも、私らに協力してもらえるとありがたいんでっけど」

「協力、といいますと」

に、と笑った間中は俊次に身を寄せた。

「昨日山へ入るのに失敗したそうやさかい、今日もういっぺん賛成派と会うて、改めて山へ入るように言うつもりです。その場にいてくださるとありがたい」

「しかし、私は村の方が山へ入ることには賛成できません。昔から守られてきた禁を破れば、反対派の方たちの態度はいっそう頑《かたく》なになるでしょう。逆効果ではないですか」

こちらも小声で言い返すと、いやいや、と間中は首を横に振る。

「何も起こらへんのやから頑なになる理由がありまへん。ああ、わしらが信じてきたもんはこんな何でもないもんやったんか、て目ぇ覚まさはります」

鷹男がいなかったら、全ては迷信で片付けられるかもしれない。しかし村人たちは鷹男を——その不思議な力を、大なり小なり目にしているのだ。

しかし鷹男を手妻使いだと思い込んでいる間中にそれを説明しても、取り合ってくれないのは目に見えている。

「そんな単純なものではないと思いますけどね。それに私は平助さんたちに鉄道反対派だと思われているんですよ。同席を許してもらえるかどうか」

強くは否定せずに曖昧に笑った俊次に、へ、と間中は間の抜けた声をあげる。

「若友さん、鉄道局の方やのに鉄道に反対なんですか？　山へ入ったらあかんて言わはるんも、そんで」

「どちらでもないんだろう」

間中の言葉を遮るように、井波が答えた。

間中は怪訝《けげん》そうに眉を寄せる。

「どちらでもない、とはどういう意味で」

「言葉通りだ。若友君は鉄道が通っても通らなくても、どちらでもいいと思っている。若友君にとって、問題はそこではない」

「はあ……？　ようわかりまへんな。どっちでもええてそんなんアリでっか」

「ありなんだろうさ。なにしろ変わり者だそうだからな」

こちらを見てふと笑った井波は、母屋へ入っていった。

驚いたことに、井波は俊次の言い分を理解してくれたようだ。が、味方にはなってくれそうもない。井波は井波の信念で動くだろう。

間中は毒気を抜かれたような、奇妙な表情で俊次を見遣った。

「若友さん、変わり者なんでっか」

「まあ、そうですね。何を考えているのかわからないとよく言われます」

「へぇ、そら、人は見かけによりまへんな」

「そうですか？」

笑って首を傾げてから、俊次は間中に向き直った。

「その変わり者からの忠告です。山に入ってはいけない。もし村人が禁を破れば、あなたにも沼田先生にも井波少尉にも、災いが降りかかりますよ」


フサに傘を借りた俊次は、一人で東の山へと出かけた。とりあえず山の無事を確認したかったのだ。

山へ向かう道々、雨はようやくやんだ。が、空は相変わらず鈍色《にびいろ》である。またいつ降り出してもおかしくない。

昨日からずっと太陽が顔を出していないせいか、肌寒かった。今し方まで雨が激しく降っていたからだろう、田畑に人影はない。

山へ入れば災いが降りかかると間中に言ったことは、後悔していなかった。鷹男は村の人たちを脅してでも、山へ近付けたがらなかったのだ。きっと何かが起こる。

間中さんは全然応えてなかったみたいだけどな……。

またまた、そないな芝居打って。鷹男さんに頼まれはったんでっか？　私には何を言わはってもよろしいけど、沼田先生にはそないなこと言うたらあきまへんで。

四方八方に跳ねた髪の隙間から、鋭い眼光が垣間《かいま》見えた。邪魔だけはするなよと凄んでいるようだった。

あの人も相当食わせ者だ。

もっとも、そうでなければ祈祷師という怪しい商売などやっていられないだろうが。

間中と井波は、平助たち賛成派と改めて話をすると言っていた。どうやら平助たちは日々の仕事を放り出し、賛成運動に専念しているようだ。間中と井波がまた過激なことを吹き込んだりしないか心配だったが、ちょうど日曜で学校の授業がない元義がついて行くと言ってくれた。

無茶なことはさせませんさかい、安心してください。

こっそりとそう耳打ちしてくれた。

昨日の話し合いのときに、鷹男が間中と井波に不思議な力を見せていれば、こんなややこしいことにはならなかったはずだ。いくらあの二人でも、身の危険を感じれば少しは引いただろう。

なぜおとなしくしてたんだ、鷹男。

村はもう元通りにはならないと言ったのは鷹男だ。しかし戻らないにしても、ますますひどく壊れていっている気がする。

そんなこと、おまえは望んでいないだろう。それなのに、なぜこの状況を放置しているんだ。答えろよ。なぜ何もしない。

鷹男の声が聞こえはしないかと耳をすませる。が、耳に届くのは鳥の声と風の音、そしてぬかるんだ道を歩く自らの足音だけだ。

ため息をついたそのとき、ちょうど山の入口が見えてきた。男が二人、入口に張られたしめ縄の前に立っている。

一瞬、ひやっとしたが、二人が鉄道反対派であることに気付いて、安堵のため息が漏れた。

「あ、若友さん、おはようございます」

「若友さんも見まわりに来てくれはったんですか」

嬉しそうに声をかけてきた男二人に、俊次もおはようございますと笑顔で返した。

僕はもう完全に鉄道反対派だと思われてるみたいだな。

鷹男を気にかけている時点で、反対派と見なされても仕方がない。

「見まわりといいますか、ちょっと心配になったので」

「安心してください。これからわしらが交代でお山を守ることにしましたさかい」

「もし賛成派の奴らが来たとしても、絶対に入らせません。わしらが追い返します」

男たちは鼻息荒く言い切る。

まああと俊次は二人を宥めた。

「私ももう一度賛成派の方と話をしてみますから、できる限り穏便にお願いします」

「そら相手次第ですわ」

「わしらかてあいつらがお山に入らんかったら何もしません。好きで争うわけやない」

二人は大きく頷き合う。

「そういう風に思っておられるならいいんですが」

言って、見上げた山は静かだった。

鷹男はどうしているだろうか。

姿が見たい。夢の中ではなく、本物の鷹男と話がしたい。

しかしやはり山は沈黙している。鷹男が現れるときに決まって吹く風の気配も、全く感じられない。

くそ。何とか言え。

舌打ちを飲み込んだ俊次は、気を取り直して村人たちに向き直った。

「お山へ入る道はここだけですか?」

「はい。ここら以外の場所は切り立った崖やら岩になっておって、簡単には入れんのです。特にこんだけ雨が降ると、よう滑りますよって」

「昔、もちろん許された日ぃにですけど、若い者《もん》が度胸試しや言うて崖を上ったことがあったらしいんです。けど足を滑らせて落ちて、あっという間に死んでしもたとか」

「なるほど。だからここで見張っておられるんですね」

他の場所からの侵入を警戒しなくてもいいとわかって、とりあえずほっとした俊次は、もうひとつ気になっていたことを尋ねた。

「昨日、この山へ入ろうとされた平助さんと勇さんですけど、今どうしておられるかご存じですか」

「ああ、あの二人。皆できつう言い含めたんですが、途中で賛成派の若い奴らが来て、連れて行ってしもたんです」

眉を寄せた男が、なあ、ともう一人の男に同意を求める。男も苦々しげに頷いた。

「お山へ入るのをあきらめた様子でしたか？」

最も確かめたかったことを聞くと、二人は同時に顔をしかめた。

「あきらめよったんやったら、わしらこうやって見張ってません。もともと祭事にもろくに出んようになっとった連中や。今頃平助の家に集まって、悪だくみでもしてるんでしょう」

「そもそも元義さんが悪いんや。あの人が鉄道を通そうて言い出さなんだら、若い者《もん》らもお山に穴をあけようなんて思いもせんかったやろうに」

「鉄道なんかなかったかて、今の暮らしで充分やないか。何が不満なんや」

口々に言われて、確かに、と俊次は思う。徴兵や教育によって外の文化は入ってくるだろうが、それらが村に及ぼす影響は、鉄道ほどには劇的ではないだろう。このまま外の世界と隔絶され続ければ、確実に時代に取り残される。

だが、それがどうした？

文明開化の最先端ともいえる東京で、どれだけの人が疫病で亡くなったか。どれだけの天災が降りかかったか。

天災がない。疫病がない。土も山も毎年欠かさず豊かな実りをもたらしてくれる。それだけでも、極楽村は他に類を見ない貴重な場所だ。

しかし、豊かではないと感じる者もいるだろう。ガス、電気、鉄道、洋風の食事や装い等々。そういったものこそが豊かさだと思う感覚が間違っているわけではない。実際、それらは非常に便利だし、素晴らしい物もたくさんある。

何をもって豊かと感じるかは人それぞれだ。

ここにも「正しい」がいくつも存在する。だから村がばらばらになってしまった。

「では、僕はもう少し村をまわってみます」

「はい、もし何かありましたら大きい声を出してください。近くにおるわしらの仲間がきっと駆けつけますさかい」

胸を張る二人に、ありがとうございますと礼を言い、俊次は山に沿って北の方角へ伸びた道を歩き出した。

先ほど二人が言っていたように、山肌は岩壁になっていた。雨に濡れてつやつやと光っている。無理に上ろうとすれば、確実に滑るだろう。

さて、これからどうしようか。

村長と話し合ってみるか。しかし村長の家には沼田がいる。邪魔をしてくるかもしれない。

考えながら歩いていると、ぱらぱら、と豆粒ほどの小さな石が山から落ちてきた。

鷹男かと思って見上げるが、切り立った岩壁の上には誰もいない。

獣か?

首を傾げつつ再び前方を見遣る。

いつのまにか、一人の男が前を歩いていた。小柄で痩せ細った男だ。頭に笠《かさ》をかぶり、蓑《みの》を羽織っている。

昨日、元義さんと重なって見えた男だ。

目を離してはいけない気がして、俊次は男の後を追った。

男は木陰に作られた小屋の前で足を止めた。農具か何かを入れておくための建物だろう、粗雑な造りだ。

俊次が木の陰に身を隠したちょうどそのとき、小屋の戸が開いた。現れたのはこちらも笠を目深にかぶった男だ。粗末な蓑を羽織っているが、背が高く鍛えられた体つきをしている。

あれは武士だ。

直感でそう思った。

小柄な男は身振り手振りをまじえて、何やら説明しているようだ。仕種は大きいが声は小さいので、話の内容は聞こえない。長身の男はといえば、時折頷く程度である。やがて説明を終えた小柄な男の肩を、長身の男が強く叩いた。よくやった、という風に小柄な男に笑いかけ、懐から小さな布の袋を取り出して渡す。

小柄な男はそれを両手で受け取った。いそいそと中を確認した後、にたりと笑みを浮かべる。

下卑た笑みを目にした途端、背筋がぞわりと震えた。

――あいつをこのままにしておいてはだめだ。

傘の柄を右手にしっかりと握った俊次は、咄嗟に駆け出した。

「貴様ら、何をしている！」

二人が逃げられない距離まで来て怒鳴ると、わずかな瞬きの間に小柄な男は勇に、長身の男は見覚えのある鉄道賛成派の若者に変わった。

俊次の剣幕に驚いたのか、二人は慌てたように逃げ出す。

しまった。また変な誤解をされる。

「ちょ、待ってください！　僕はただ」

何をどう言えばいいのかわからなくて言葉につまったそのとき、勇が派手に転んだ。

先に逃げていたもう一人の若者が慌てて戻ってくる。

「勇さん、大丈夫ですか？」

駆け寄った俊次を、もう一人の男が怯えたように見た。勇を抱え起こそうとするが、水溜まりに足をとられてうまくいかない。

「わ、わしらは何もしとらん！」

仲間の助けを借りてどうにか立ち上がった勇が、こちらをにらみつけながら怒鳴る。

泥だらけの勇に切羽つまった何かを感じて、俊次は大きく手を横に振ってみせた。

「私も、あなた方が何かしたとは思っていません。さっきのは言葉のあやといいますか、勘違いといいますか。大声を出してすみませんでした」

「い、いや……」

頭を下げると、勇はおどおどと目をそらした。その視線が地面に落ちる。

茶色い水溜まりに、白い紙切れが浮いていた。勇は焦ったようにそれをひっつかむ。

「それは何ですか？」

「お、お札や！」

押し黙った勇のかわりに、もう一人の青年が答える。

「間中さんがくれはったんや。これを土に埋めたら、災いはそこから先は入ってけぇへん。そやから山の周りに埋めてから山へ入ることにしたんや。そしたら村には災いは起こらんやろ」

「べ、別にわしらは祟りを恐れてるわけやない。けど、逃げ腰になっとる奴もおるさかい、念のためや」

迷信には迷信で対抗しようというわけか。

聞いたか、鷹男。おまえが大切に守ってきた村人が、まんまと山師に騙されているぞ。

心の内で語りかけるが、やはり返事はない。

——なんか、腹が立ってきたな。

この村に残っているのは俊次の意志だ。だから村人たちが揉《も》めているのに鷹男が姿を現さなくても、火種になっている沼田たちを不思議な力で追い払わなくても関係ない。

けど、無視されているみたいで気分が悪い。

だいたい、この人たちもこの人たちだ。鷹男の力は信じないくせに、なぜ昨日来たばっかりの、見るからに怪しい祈祷師のお札は信じるんだ。おかしいだろう。

俊次は我知らず二人の男をにらみつけた。

「そのお札、偽物ですよ」

へ、と男たちは揃って声をあげる。

「偽物です。そんなものを埋めたって祟りからは逃れられない」

「な、なんで偽物やてわかるんです」

「なんでもヘチマもない。偽物だからです」

きっぱり言い切ったそのとき、ばらばら、と頭上から小石が降ってきた。ハッと三人で山の上を見上げる。

また団栗《どんぐり》ほどの石が落ちてきた。そのうちのひとつが勇の腕に当たる。

「いたっ。な、何や、石か」

「おい……、た、鷹男様の祟りやないか……？」

恐る恐る言ったもう一人の男に、アホか、と勇は怒鳴る。

「そんなわけないやろ」

「けど……」

「わ、わしらには、このお札がある。大丈夫や」

強がりを言った勇を嘲るように、またいくつか小石が落ちてきた。わぁ、と声をあげた二人は、先を争うようにして駆け出す。

が、逃げ出した方向に山の入口があることに気付いたらしく、慌てて戻ってきた。

そして俊次には目もくれず、脇を走り抜けていく。

俊次は唖然として二人を見送った。勇の足からすっぽ抜けたらしい下駄と、お札だと言っていた白い紙切れが、道の真ん中に取り残されている。

「そんなに怖いんだったら、お山に入ろうなんて考えなければいいのに……」

つぶやいて、改めて山を見上げる。そこにはやはり鷹男の姿はなかった。獣の気配もしない。

偶然、何かの拍子に石が落ちてきただけじゃないか。

苦笑しつつ白い紙を拾う。和紙だ。何やら文字が書かれていたが、泥水にまみれて読めない。軽く引っ張ると呆気なく破れてしまった。

随分と粗雑なお札だな……。

苦いため息を落としていると、若友さーん！　と高い声で呼ばれた。振り返った先にいたのは十くらいの少年だ。全力でこちらへ駆けてくる。あれは確か鷹男に石を投げた子供、五郎だ。

懸命に走っていた五郎が、突然派手に転んだ。あ、と声をあげた俊次は、急いで五郎に駆け寄った。

「おい、大丈夫か？」

「わ、わか、若友さ……」

助け起こそうとした腕をつかまれ、強くしがみつかれる。見上げてきた少年の顔は、涙と鼻水でぐしゃぐしゃになっていた。

その尋常ではない様子に、俊次は五郎の体を強い力で抱き起こした。

「どうした。何があった」

「せ、先生を、助けてくださいっ……」

「先生って、元義さんのことか？」

ひく、ひく、としゃくり上げながら、五郎は頷いた。

「わ、わしのお父ちゃんと、お母ちゃん、鉄道の、賛成派で……。き、昨日から、うちに、賛成派の人が集まってたんです……。ちょっと前に、先生と、軍人さんと、変な服着た人が来はって……。し、しばらくしたら、へ、変な服着た人が、せ、先生に、て、て、鉄砲向けて……」

「鉄砲？」

俊次は思わず大きな声を出した。

五郎はこくこくと何度も首を縦に振る。

「お、お父ちゃんも、お母ちゃんも、と、止めたんやけど、そいつ、ごちゃごちゃ言うたら、先生を撃つぞって……。そ、そんで、わし、わ、若友さんに、丸腰で、一人で来るように言えて、言われて……。も、もし、誰かに助け求めたり、何か、武器を持ってきたりしたら、先生を、先生がっ……」

急に咳《せ》き込んだ少年の背中を、俊次は強く撫でた。

「落ち着け。よく僕を探してここまで来てくれたな。ありがとう。元義先生も君のお父さんとお母さんも助けるから、安心しなさい」

「ほ、ほんまですか……？」

「ああ、本当だ。すまないが、五郎君のうちまで案内してくれるか？　もし立てないならおぶるが」

「平気です……！」

少年はきっぱりと言う。膝小僧から血が出ているが、気にする様子はない。

「こっちです！」

俊次は駆け出した五郎の後に続いた。

間中さん、鉄砲なんか持っていたのか。

しかし元義を人質にして俊次を呼び出すなんて、どういうつもりだ。そんなまわりくどいことをしなくても、普通に来てくれと言われたら行ったのに。

間中が何をしたいのかがわからなくて、俊次は焦燥にかられた。

とにかく、物騒な物は早々にしまってもらわなければ。


家の近くまで来たところで、俊次は五郎に村長の家へ行くように言った。鉄砲が本物か偽物かはわからないが、子供を連れて入るわけにはいかない。事情を説明できるかと尋ねると、少年はしっかり頷き、まっすぐに駆けていった。

あの調子なら大丈夫だろう。

五郎の後ろ姿を見送り、俊次は大きく深呼吸した。無意識のうちに傘を強く握り直した拍子に、丸腰で来いと言われたことを思い出す。小さく舌打ちをして傘を地面に置いた。邪魔になるかもしれないので、ついでに帽子も脱いで置く。

こぢんまりとした茅葺の家の前に来た俊次は、再び深呼吸した。そして静かに戸を叩く。

「どなたはんでっか」

聞こえてきた声は間中のものだ。とても銃をかまえて人質をとっているとは思えない、呑気《のんき》な物言いである。

「間中さん、若友です」

「ああ、若友さん。お待ちしてました。どうぞお入りください。あ、入ったらすぐに戸ぉ閉めてくださいな」

「わかりました」

応じた俊次は中へ体を滑り込ませた後、すぐに戸を閉めた。

「若友さん……！」

呼んだのは座り込んだ元義だった。日が差していないせいで薄暗い家の中でも、その顔が真っ青であることがわかる。

元義の横には間中がいた。五郎が言った通り、手には拳銃が握られている。

二人を取り囲むようにして、五郎の両親らしき男女の他、平助と見覚えのある鉄道賛成派の若者が四人いた。つい先ほど逃げ出した勇ともう一人の男はいない。皆怯えているらしく、縮こまるようにして座り込んでいる。更に目の前の上がり框《がまち》の隅には、井波が腰かけていた。

五郎の家は村長の家と違って狭いため、元義たちとの距離は思いの外近い。間中が持っているのが刃物だったら、隙をつける距離である。が、間中が元義に向けているのは銃だ。へたに刺激して、元義だけでなく他の村人も傷つけてしまっては元も子もない。くそ、こんなときに鷹男みたいに一瞬で移動できる力があったら、すぐにでも間中さんを張り倒すのに。

なんとか間中を取り押さえる方法を考えていると、井波と目が合った。どういうことですか、と目顔で尋ねるが、無表情が返ってきただけだ。

「よう来てくれはりました、若友さん。とりあえず、座ってください」

声をかけてきた間中をじろりとにらみつける。

「けっこうです。それより、その物騒な物を早くしまって、元義さんを放してくれませんか」

強い口調で言うと、間中は一瞬、沈黙した。ぼさぼさの前髪が邪魔で表情が読めないのが不気味だ。

「若友さん、警官でも軍人でも、士族の出でもないのに、えらいこと落ち着いてはりますな。やっぱり変わり者やからでっか」

「僕が落ち着いているように見えるんだったら、あなたの目は腐ってますよ。どういうことなんです、間中さん。何のためにこんなことをするんですか。沼田先生は、このことをご存じなんですか？」

矢継ぎ早に尋ねる。

間中はわざとらしく唇をすぼめた。

「質問が多いですな」

「わけがわからないんだから、聞きたいことがたくさんあって当たり前でしょう」

「まあ、それもそうですな。けど答える前に、先に私が質問さしてもらいます」

間中は拳銃を元義に向けたまま、こちらを見た。

「若友さん、あんた鷹男さんの御寮人なんでっか」

「ごりょうにん？　何ですか、それ」

「大阪の言葉で若嫁はんていう意味です。若い嫁はんのことをごりょんさんて呼びますねん。東京風に言うたら若妻ですな」

しん、と沈黙が落ちる。

俊次はまじまじと間中を見た。

こんなときに何の冗談だ……。

しかし井波はもちろん、その場にいた村人たち全員、誰も笑わなかった。皆真剣な顔で俊次の答えを待っている。

ええ、なんだこれ。

内心で大いに困惑しつつ、俊次は口を開いた。

「違います」

「またまたぁ」

「またまたも何も、違うに決まってるでしょう。僕は男だし鷹男も男だ。からかっている暇があるのなら、本当に聞きたいことを聞いたらどうなんです」

質問があまりにあまりな内容だったせいか、苛立った口調になった。間中は少しも気にする風もなく、器用に首をすくめる。

「これが一番聞きたいことでんがな。村の女の子が、若友さんのことを鷹男さんのお嫁さんやて言うてるんですわ。どうも鷹男さん本人が自分の嫁やて紹介したらしいて」

およめさん？　と首を傾げたおかっぱの少女を思い出す。――てるちゃんだ。

俊次の否定も虚《むな》しく、鷹男の言葉を信じてしまったらしい。

「まだ幼い子だから、冗談がわからずに真に受けただけでしょう」

「しかし大勢の村人が、鷹男さんが誰かと並んで村を歩くんを見るんは初めてやったて言うてますんや。それに昨日、賛成派と反対派が揉めて若友さんが困ってたとこへ、鷹男さんが助けに来はったんは事実でしょう」

「僕が困っていたから来たわけじゃない。山に入るなと忠告しに来ただけです」

「しかし元義さんも、若友さんは特別やて言うてはりますで。若友さん、賛成派には山へ入るな言うといてからに、昨日鷹男さんに連れられてお社に入ったそうやないでっか。祭事のとき以外で鷹男さんご自身と一緒にお社に入る人は、鷹男さんの御寮人になる方やて聞きましたけど」

俊次は状況を忘れ、元義をにらんでしまった。元義はすみませんという風に視線を落とす。

やりとりを見守っていた村人たちは互いに顔を見合わせた。嫁、鷹男様の、若友さんが、お嫁様、と囁きをかわす。

嫁じゃない！　と大きな声を出しそうになった俊次だったが、ぐっと言葉を飲み込んだ。間中の手に握られている銃の存在を意識したのだ。

この状況では、嫁と思われていようがいまいが、そんなことはどうでもいい。俊次は鋭く尋ねた。

「それで？　僕が鷹男の嫁だったら何だというんです」

「大概の男はごりょんさんを大事にするもんです。鷹男さんも、若友さんを大事にしてはるんやろなあと思いまして」

井波が動く気配を察知して、俊次は咄嗟に身構えた。

近寄ってきた井波は、ぴくりと眉を動かす。

「やはり武術の心得があるんだな。平民出身というのは嘘か」

「嘘じゃありません。父は平民です。しかし祖父は武士でした。今の世の中、特別珍しくもないでしょう」

「なるほど。祖父様に鍛えられたのか」

対峙してみてわかった。相手が井波だけなら勝てる。前に鷹男も言っていたが、俊次の方が腕は立つようだ。しかし元義を人質にとられていては反撃できない。

だいたい、僕を捕らえて何をしようというんだ。

そこまで考えて、俊次はようやく理解した。

間中と井波の真の目的は、鷹男だ。

「鷹男をここに呼び出して、どうするつもりですか」

身構えたまま言うと、間中はにやりと笑った。

「頭の回転が速い人は好きでっせ」

「御託はいいから答えてください。どうするつもりですか」

「どうするもこうするも、ただ東の山から鷹男さんを離したいだけですわ。社に鷹男さんがおるいう理由で、山に入られへん人が多いみたいやから」

ねえ、と同意を求めるように、間中は周囲にいる村人たちを見まわす。

村人たちは一斉に視線をそらした。平助も同じくうつむいている。やはり山へ入るのに抵抗がないわけではないのだ。

「山から鷹男を引き離したって意味なんかない。山へ入ること自体が禁忌なんです。禁を破れば、鷹男はどこにいたって飛んでくる。言葉の通り、飛んできますよ」

俊次の言葉に息を飲んだのは平助だった。強い風が吹いたかと思うと、鷹男は一瞬で姿を現した。昨日見たばかりの光景が脳裏をよぎったのだろう。が、口ごもるようにしながらも反論する。

「けど、今はお札があるさかい……」

「勇さんたちが持っていたお札ですね。平助さん、あなた今の状況が見えないんですか？　そのお札を作ったのは、元義さんに物騒な物を突きつけているその男だ。それでもお札の効能を信じるんですか」

我知らずきつい口調で言うと、平助は口を噤んだ。薄暗がりでも、顔色が悪いことがはっきりとわかる。どうやら平助も、この事態を全く予想していなかったようだ。

隙が生まれないように気を付けながら、間中と目の前にいる井波を交互ににらみつける。

「このこと、沼田先生はご存じなんですか？」

「具体的なことは知らはらへん。けどまあ、鉄道を通すためやったら多少の荒事はしゃあないて言うてはったさかい、大目に見てくれはりまっしゃろ」

「僕を捕まえるのが目的なら、元義さんを巻き込む必要はなかったでしょう」

苛立つ俊次がおもしろかったのか、間中は口の端を引き上げた。

「昨日、平助さんが若友さんにあっという間にすっ転ばされたそうで。井波少尉も、若友さんは武術を習得してるかもしれんて言わはった。正攻法でいったらこっちが伸《の》されてしまう。せやから若友さんにおとなしいしといてもらうために、ちぃと手荒な真似《まね》さしてもらいましてん」

「どこがちょっとだ」

思わず素でつぶやくと、間中はにやにやと笑った。

「まあまあ。何も人を殺《あや》めたわけやない。ちぃと脅しただけですやんか。子供を巻き込まへんかっただけでも褒めてもらいたいなあ。井波さん、お願いします」

無言で頷いた井波が距離をつめてくる。咄嗟に反撃しようとしたが、視界の端に元義のこめかみに突きつけられた拳銃が見えて、動きを止めた。

くそ、だめだ。

「僕を捕まえたところで、鷹男は来ませんよ」

井波に膝を折らされながら言う。

間中は悪びれる様子もなく首を傾げた。

「さあ、どうでっしゃろ。やってみなわかりまへんで」

ご丁寧に後ろ手に縄で縛られ、俊次は奥歯を噛みしめた。この場にいるのが自分一人だけなら、手首を縛られた状態でも逃げることができる。

元義さんだけじゃなくて、村の人たちがここにいるのもまずい。

悔しいが、俊次の抵抗を封じるには、間中たちのやり方が一番効果的だ。

「君たちは僕を捕まえたかったんだろう。もう元義さんに用はないはずだ。放せ」

間中をにらむと、意外にもあっさり拳銃が下ろされた。全身からどっと力を抜いた元義は、這うようにして間中から距離をとる。

思わずほっと息をつくと同時に、首筋にナイフが当てられた。一旦は緩んだ室内の空気が再び張り詰める。横目で見た先にあったのは、井波の無表情だ。

「これが、大局を見失わないために必要なことですか?」

「さあな。ただ、これしきのことで鉄道が通るのなら安いものだ」

「僕は誰のどんな考えも一方的に否定すべきではないと思っています。でも、あなたのその考えは間違っている」

井波は何も答えなかった。が、ナイフは首筋にあてられたままだ。微かに痛みが走ったのは、薄皮一枚を傷つけられたからだろう。しかもさすがは軍人だ。ちゃんと急所を狙っている。

俊次はぎりぎりと奥歯を噛みしめた。言いなりになるしかない自分が歯がゆい。

来るなよ、鷹男。僕は大丈夫だから。

満足そうに笑った間中は、元義を介抱している村人たちを見まわした。

「そしたら誰かお山へ行って、若友さんが捕まったて鷹男さんに伝えてきてくれまへんか。無事に帰してほしかったらここまで来いて」

「もう来ているぞ」

低く響く声が聞こえたかと思うと、強い風が吹いた。反射で閉じた目を開ける。

いつのまにか、つい先ほどまで井波がいた上がり框の隅に鷹男が腰かけていた。

井波の動きに集中していたせいで気付かなかった。——いや、違う。この男は本当にたった今、ここに現れたのだ。

　村人たちはもちろん、間中と井波も相当驚いたようだ。間中はあからさまに腰を浮かし、井波はわずかに刃を浮かせた。鷹男がこんな風に突然姿を現すなんて、想像もしていなかったらしい。

「ど、どこから入ってきはりましたんや」

　今し方までの余裕の態度はどこへやら、声を上擦らせて尋ねた間中を、鷹男をじろりとにらんだ。

「俺のものに俺の許しなく傷をつけるとは、どういう了見だ」

「僕はおまえのものじゃない」

　間中と井波が反応する前に、俊次は思わず口を開いた。

　その場にいた全員が、唖然とした面持ちでこちらを見る。そして今度は鷹男を見遣った。

　鷹男は動じた風もなく、一同に頷いてみせる。

「こうは言っているがな。俺のものだ」

「おまえのものじゃないって言ってるだろう」

　すかさず言い返すと、間中は生ぬるい笑みを浮かべて鷹男を見た。

「えらい嫌われてますやんか」

「照れ隠しだ」

「照れてなどいない」

また間中より先に答えてしまう。

鷹男は真面目な顔でこちらを見た。

「顔が赤いぞ」

「気のせいだ」

ちょっとちょっと、と間中が割って入ってくる。

「お二人がええ仲やっちゅうことはようわかりましたよって」

「はあ？　何を言ってるんですか。いい仲なんかじゃない。勝手なことを言わないでください」

「ちょっと、若友さんは黙っといてもらえまっか。何や場の空気が間抜けてしまいます。ご自分の立場わかってまっか？」

あきれ半分、苛立ち半分の間中の言葉に、首筋にあてられたナイフの冷たさを今更ながら思い出す。

俊次が口を噤んだのを確かめて、間中は咳払いをした。

「鷹男さん、私と井波さんを驚かそう思て手妻を使わはったみたいでっけど、そんなもんでごまかされしまへんで。どうせここにおる誰か……、元義さんあたりでっか。あんたほんまは反対派で、手引きでもしたんでっしゃろ」

急に名前を出された元義は、慌てたように首を横に振る。

「まさか。私は何もしていません」

「そんな嘘つかんでもええ。あんたはんが鉄道に諸手《もろて》あげて賛成やないっちゅうことは、もうわかってますよって」

間中さんは、誰かが鷹男を招き入れたってことにしたいのか。

俊次は井波をちらと見遣った。俊次の首筋にしっかり刃をあてているが、その表情は固い。

この人はたぶん、鷹男が本当に突然現れたんだってわかっている。

井波の反応に気付いていないらしい間中は、かろうじて余裕を取り戻したらしく、続けた。

「私らは別に鷹男さんに何かをしてほしいわけやない。ただここでおとなしいしといてくれはったらええんです」

「俺がおとなしくしている間に何をする気だ」

鷹男の声は静かだった。

「お山へ入らしてもらいます」

「ならん」

「なんでです？　入っても、ほんまは何も起こらへんからでっか？」

「逆だ。今入れば、必ず災いが起こる」

揶揄する間中の口調に、鷹男は間髪を入れずに答えた。

しん、と静寂が落ちる。

俊次は鷹男を注視した。

言い切ったということは本当なのか？

元義はもちろん、平助を含めた賛成派たちも息をつめて鷹男を見ている。もしかしたら村人たちも、こんな風に断言されたことはないのかもしれない。

間中も一瞬、言葉につまった。しかしすぐに笑みを浮かべる。

「またまたぁ。そうやって村の人を脅してきたんですね。けど私には通じませんよ。実際、若友さんがお山に入らはっても何にも起こらへんかったやないでっか」

「それは俺が一緒だったからだ。それに俊次には特別な力があるからな。封印が破られることはない」

間中は胡散《うさん》臭そうに鷹男をにらみつけた後、俊次にも視線を向けた。やっぱりおまえもこいつの仲間か、と言いたげだ。

鷹男は間中の不審げな態度をものともせずに続ける。

「しかし俺の同行なしに普通の人間が山に入れば、必ず災いが起こるぞ」

「そこまで言わはるんやったら、具体的に何が起こるか言うてみてくださいよ」

「山津波だ」

それほど大きな声ではなかったのに、鷹男の声はよく響いた。

再び室内が静寂に包まれる。

「山津波……」

元義の半ば茫然としたつぶやきに、村人たちが一斉に反応した。

「そんな、まさか、山津波やなんて」

「村が埋まる。流される」

「大変や。どうしよう」

「迷信や！」

叫んだのは平助だった。仁王立ちになり、一同をにらみつける。

「山津波なんかもう何十年も、何百年も起こってへん。東の山へ入ったからて、そんなもん起こるわけがない！　迷信や！」

しかし一度伝播《でんぱ》した不安は、平助の叫びだけでは払拭できなかったようだ。村人たちは不審げに平助を見遣る。

「けど、このところずっと雨が降っとったやないか」

「それも尋常やない降りやった」

「山が雨水をたっぷり含んどるんは確かや」

あ、と俊次は心の内で声をあげた。ここへ来る前、東の山から石が落ちてきたことを思い出したのだ。あれは獣の仕業ではなく、山が崩れる前兆だったのかもしれない。

青い顔をした村人たちは一人、また一人と鷹男を見た。鷹男は笑いもせず、かといって顔をしかめもせず、ただ静かに上がり框に腰かけている。

極楽村に天災が降りかからないのは、鷹男様のおかげ。鷹男様が守ってくださっているから、村は無事でいられる。

昔からの言い伝えであるそれは、迷信かもしれない。迷信だと思ったから鉄道に賛成した。あるいは迷信ではなかったとしても、災害など滅多に起こらないのだから、鷹男の住む山に穴をあけて鉄道を通しても問題はない。賛成派の村人たちはそんな風に考えたのだろう。

何より、時代に取り残されたくなかった。西洋文化を取り入れた便利な暮らしが魅力的だった。

しかし現実に今、山が崩れようとしている。山が崩れれば村は全滅だ。

——助けてくれるのは、鷹男しかいない。

「落ち着け」

井波の力のある声に、村人たちがハッと我に返ったのがわかった。

「どちらにせよ、この男と山津波は関係ないだろう。雨が降って山が崩れるのは自然現象だし、そもそもこの男がそう言っているだけで、本当に山津波がくるかどうかはわからん」

「そうや、迷信や」

井波に続いたのは間中だ。

「雨が降り続いとったことは、この村の人間やったら誰でも知ってる。そら山津波がくるて言うたら不安になるわ。あんた、こうやって村の人を騙してきたんやな」

言いたてるなり、間中は立ち上がった。足音荒く鷹男に近付き、力まかせに拳銃を振り下ろす。

刹那、ゴ、という鈍い音と共に鷹男が土間に倒れ込んだ。たちまち村人たちから小さな悲鳴があがる。

足下に倒れた鷹男の額に滲んだ血が視界に飛び込んできて、俊次は己の目を疑った。ばかな。僕の本気の攻撃をあっさりかわしたくせに、こんな隙だらけの攻撃を避けられないなんて。

一方、殴った間中は鷹男が起き上がらないと確信したようだ。ははは、と勝ち誇ったように笑う。

「ほれ見ぃ。避けることもでけんやないか。わしもどっこも何ともない。この男は皆さんを騙しとったんですよ。もちろんお山のことも迷信や」

間中は村人たちに向き直った。

「皆さん、これでお山へ入っても平気やていうことがわかったでしょう」

「そ、そうや！　間中さんの言わはる通りや！　全部迷信やったんや！」

勢いづいた平助に、そうですそうです、と間中は調子を合わせる。

「さあ、今から山へ行きまっせ。反対派の皆さんにも触れまわって、何にも起こらへんとこを見せましょうや」

「そうや、皆、行くぞ！」

待ってください！　と元義が止めるのも聞かず、間中は村人たちを追い立てた。自失したままの村人たちは、平助の勢いに引きずられるようにして家を出ていく。何をどうすればいいのかわからないから、とりあえず目先の指示に従った風だ。間中と元義がその後を追う。

家には俊次と井波、そして倒れたままの鷹男が取り残された。

「もう用はなくなったな」

ため息まじりにつぶやいた井波がナイフをしまう。刃が首筋から離れたことで、俊次はハッと我に返った。

鷹男は床に伏したままだ。

手首を縛られた状態だったが、俊次は鷹男に飛びついた。

「おい、鷹男、目を覚ませ！」

大声で呼んだが、鷹男はびくともしない。生きているのか死んでいるのかもわからない。

「くそ……！　触るな！」

手首を縛《いまし》める縄を切ろうとした井波を振り払い、俊次は自ら手の関節をはずした。ものの数秒で縄から手を引き抜く。縄抜けは祖父に教わった忍術のうちのひとつだ。

再び関節をはめつつ、俊次は井波に向き直った。

「間中さんたちを止めてください。あなたは鷹男が本物の神だとわかっているでしょう」

一瞬で縄を解いた俊次に目を丸くしていた井波は、倒れている鷹男を見下ろした。

「今は本物には見えんが」

「きっと何か事情があるんです。こいつ、僕が急所に思い切り拳を入れても気絶すらしなかったんだ。それをあんな隙だらけの攻撃にやられるなんて。鷹男、鷹男！　起きろ！」

鷹男の肩を揺さぶる。が、やはり反応がない。

このまま目を覚まさないんじゃないか？

ひやりと背筋に走った冷たさを振り払うために、俊次は再び井波を見上げた。

「今お山に入ったら、間違いなく山津波が来ます。村は全滅だ。もちろん僕らも巻き込まれる。死にたくなかったら止めてください！」

井波はじっと俊次を見た。本気で言っているとわかったからか、あるいは思うところがあったからか。無言で素早く踵を返す。

駆けていく井波を見送った俊次は、改めて鷹男を見下ろした。苦しそうな様子はないが、やはり目を閉じたままだ。小さく舌打ちをして、鷹男の上半身を膝に抱き上げる。意識のない体はぐったりと重い。

「おい、鷹男、目を覚ませ！」

鋭い線を描く頬を叩く。額の傷に血が滲んでいることに気付いて、自らの袖口をそっと押し当てた。それでも反応はない。全身に冷や汗が滲む。

まさか、死んでないだろうな。

急に不安になった俊次は、鷹男の胸に耳を寄せた。ドク、と確かな鼓動が鼓膜を打つ。

次の瞬間、目の前が真っ赤に染まった。


おーい、と呼ばれて畑仕事の手を止める。子供がまろぶように駆けてくるのが見えた。少女がたっちゃんと呼んで慕っている、近くに住む少年だ。

少女は夕餉《ゆうげ》を作る祖母の手伝いをするのだと言って、先に家へ戻っていた。少女の祖父は山へ出かけたはずだが、そろそろ帰っている頃だろう。日が暮れれば、三人が待つ貧しくとも温かな家へ帰るのだ。

「た、大変や、大変や！」

少年が血相を変えていることに気付いて、どうした、と声をかけつつ自らも駆け寄る。

少年はこちらにぶつかるようにして止まった。はあはあと肩で息をしながら、必死の形相で見上げてくる。

「さ、さっき、刀持ったお侍が押し入って……。たみと、爺《じい》様と婆《ばあ》様が……！」

さっと血の気が引いた。

わかった。庄屋さんのところへ行って、事情を話してくれ。

少年がうんと頷いたのを確認して、すぐさま走り出す。

侍がこんな山奥の村に来るなんて、目的は俺しか考えられない。

あれから百日以上は経っているというのに、兄はまだあきらめていなかったのだ。

俺はもう戻るつもりはなかった。このまま放っておいてくれればよかったのに。

そんなに俺の報復が恐ろしかったのか。

子供の頃から兄は臆病で小心だった。恐れなくてもいいものを無闇に恐れ、壊す必要のない物まで壊してしまっていた。

茅葺の家が見えてきた。戸が破られている。カッと全身が熱くなる。

中から体格の良い男が出てきた。見覚えがある顔だ。確か兄のところに出入りしていた武士である。手に血塗られた刀を提げている。着物もべっとりと赤く汚れていた。返り血だ。

喉の奥からうなり声が迸《ほとばし》った。男がこちらを見る。

男が刀を構える前に飛びかかった。刀を奪い、迷うことなく心の臓に突き立てる。確かな手ごたえがあった。二、三度痙攣《けいれん》したように全身を震わせた後、男は絶命する。

すぐに男から離れ、家の中へ飛び込んだ。

むせ返るような鉄のにおいが鼻をつく。どこもかしこも赤い。血の海だ。

その海に、老夫婦と少女が倒れていた。少女を庇おうとしたのだろう、老爺と老婆は少女を囲うように伏している。

ひゅ、と吸い込んだ息が音をたてた。よろよろと歩み寄り、崩れるように膝をつく。うつ伏せた少女の小さな背中は真っ赤だ。老爺も老婆も血まみれで、ぴくりとも動かない。恐怖に見開かれたままの目は濁り、そこには既に命の光はなかった。

こんな、ばかな。なぜだ。嘘だ。

俺のせいだ。

カタ、と背後で音がして反射的に振り返る。

痩せた小柄な男が入口から中を覗き込んでいた。会えば愛想よく挨拶をした村人だ。少女の祖父母が、少女の親の幼馴染みだと言っていた。一度酒を飲んだこともある。男は血の海を見て、ひぃ、と声をあげた。

刹那、脳裏に男と侍の姿がはっきりと浮かんだ。二人は村はずれにある小屋の前で何やら話をしている。やがて男は侍から布袋を受け取った。見えないはずの中身が見える。金だ。

俺を売ったのか……！

男たちがその金を分けている。見覚えのある村の男が一人、二人、三人。——悟らせたらあかんぞ。油断させるんや。どうせ他所者や、殺されたとこでわしらには何の関係もない。

俺が殺されるのはいい。むしろ俺が死ねばよかった。

おまえたちは、俺以外の誰かが殺されるかもしれないとは考えなかったのか？

兄上、なぜ俺を放っておかなかったんだ。なぜ俺以外は絶対に殺すなと命令しなかった。

なぜ殺した！

凄まじい咆哮が口をついて出た。

「俊次！」

呼ばれてハッと目を開ける。

見えたのは紺色の着物に覆われた腹だ。筋肉の乗った逞《たくま》しい腕が肩を支えている。

いつのまにか鷹男の膝に抱き上げられていたことに気付いて、俊次は慌てて上体を起こした。

「大変だ、たみちゃんが、お爺さんとお婆さんが……！」

「落ち着け、俊次」

「落ち着いていられるか！　あの男、僕を売ったんだ、前から嫌な感じはしてた、僕は見たのに、金を、あいつをそのままにしちゃいけないって、なんで、あのとき、僕は、僕のせいで、あいつ、あの野郎！」

「俊次！」

ぱち、と軽く頬を叩かれる。

その小さな痛みに我に返った。

ああ、さっきの血の海は夢だったんだ……。

——否、夢ではない。鷹男の記憶だ。

その鷹男が感心したような表情で見下ろしてくる。

「おまえ、ずっと俺に共鳴していたようだな。おまえのせいで、俺まで昔のことを全部思い出したぞ」

なぜ祟り神になったのか。

全ては、あの血の海のせいだ。

「やはりおまえは俺のものになるべくしてなったんだな」

「はあ？ 何をばかなことを言ってるんだ」

思わず言い返した俊次だったが、二人以外に誰もいない室内に気付いて、ようやく今の状況を思い出した。

間中に殴られて、鷹男が倒れたのだ。間中と村人たちは山へ向かった。

慌てて鷹男を見上げる。

「おまえ、大丈夫なのか？」

「ああ、大丈夫だ。自分でもあそこまで力が弱っているとは思わなかった」

「弱っているのか」

思わずつめ寄って間近で見た鷹男の顔色は悪かった。呼吸も浅い。額には傷がはっきりと残っている。平気なふりをしているが、辛《つら》そうだ。

もしかしたら鷹男自身、つい今し方、俊次と共に記憶を――恩人であり、もはや親も同然だった老夫婦、そして心から慕ってくれた童女の死の記憶を取り戻したばかりなのかもしれない。

「あいつらに力を見せなかったのも、弱っていたからか」

「まあな。今の状況で余計な力は使いたくなかった」

「なぜだ。なぜ弱っている」

「俺を信じる者が少なくなってきているからだ。この前、あの沼田とかいう男の話を聞いてからは特にな」

淡々と言われて、俊次は眉を寄せた。

「沼田先生の話というと、おまえが家移りする話か？」

「そうだ。俺の力は、村人たちの信心の強さにもある程度影響を受けている。村人たちが俺を信じる気持ちが強ければ俺自身も強くなるし、弱ければ弱る」

「しかしおまえを信じていないと言っていた奴も、結局はおまえを恐れていたぞ。信心が薄れたとは思えない」

勇たちは小石が当たっただけで一目散に逃げ出した。口では迷信だ、恐れる必要などないと言っていたが、心の底では鷹男の力を信じていたのだろう。

鷹男は薄く笑った。

「それでも、昔とは違う」

静かな口調で言われて、俊次は言葉につまった。

ゆっくりと、しかし確実に、そして否応なしに入ってくる西洋式の文化、風習、教育、思想。戸籍や徴兵を用いた中央政府による支配。祭事に出ない若者。山に穴をあけ、鉄道を通す計画。村の神を別の山へ。——全て江戸の頃には考えられなかった事態だ。確かに昔とは違う。

「さて、俺は行くことにする。おまえはここにいろ」

おもむろに立ち上がろうとした鷹男を、俊次は慌てて止めた。

「どこへ行く」

「山へ入ろうとしている連中を止めねばならん。もともとこの村は、あの山そのものを信仰していたんだ。山自体に霊力がある。俺はその力も借りている。今、山の結界を破られたらどうなるかわからん」

「何がどうなるかわからんのだ」

「俺もどうなるかわからんし、山津波もどうなるかわからん」

「起こるのか、山津波」

「だからわからんと言っているだろう。今のところはなんとか押さえているが、山に入られたらどうなるか」

今の状況で余計な力は使いたくなかった。

先ほど、鷹男はそう言った。

山津波を押さえるために力の大半を割いていたから、ただでさえ弱くなっている力を他には使えなかったのだ。ならば、村人を止めるのにもあまり力は使えまい。

「では僕も行く。もう人質はいないんだ。足手まといにはならん」

「まあ、それは心配していないが、おまえが来る必要はないぞ。これは村の問題で、おまえは巻き込まれただけだ。だから帰れと言ったのに」

「ばか言え、僕は鉄道局の人間だ。関係がないわけがあるか。ここまで関わったんだから、僕の問題でもある」

きっぱり言い切ると、鷹男はあきれたような、それでいて嬉しそうな顔になった。

そして手首にはめていた数珠をとる。

「これをつけておけ。怪我をしないはずだ」

「しかし大事な物なんだろう」

茜色に染まった少女の顔を思い出す。小さくてはめられなかったものを、鷹男の手首に通る大きさにしてくれた。

「大事だからおまえに託すんだ。俺はその気になれば、怪我くらいいくらでも治せる」

「本当か？」

鷹男の精悍な面立ちはまだ青い。額の傷もそのままだ。きっと無理をしている。

しかし鷹男は本当だと応じた。

「俺は空を飛ぶ男だぞ。大丈夫だ。だからつけろ」

笑って言って俊次の手をとり、数珠をつけようとする。

しかし、数珠は俊次の手首にはまることなく床に落ちた。

鷹男？　と呼んだそのとき、室内にいるというのに強い風が吹きつけた。置いてあった野良具や養蚕の道具、椀や鍋が派手な音をたてて壁や床にぶつかり、思わず顔を伏せる。

――すぐ側に、何かがいる。

禍々《まがまが》しいとしか言いようのない気配に、全身が総毛立つのがわかった。

刹那、夢の中で聞いたのと同じ凄まじい咆哮が耳をつく。

側にいた何かが勢いよく外へ飛び出した。バン！　と音をたてて戸が粉々に吹き飛ぶ。

「っ！」

反射で閉じた目を、俊次は恐る恐る開けた。

戸板をなくした出入り口が、外の風景を映し出していた。また雨が降っている。霧がかかったような雨の糸の向こうに隣の家が見えた。小さな女の子を抱えた女が蹲《うずくま》っている。女の子は大声で泣き叫んでいた。

あれは、てるちゃんだ。

ふ、と冷静な思考が戻ってくると同時に、雨音を縫って無数の罵声と悲鳴と泣き声が聞こえてきた。それら全てをなぎ払うように、腹を空《す》かせ、血肉を求める獣を思わせる咆哮が辺りに響きわたる。

村を囲む全ての山が震えるのがわかった。家が鳴る。ぴしぴしと木の枝が折れるような音がいくつも聞こえてくる。再び悲鳴が沸き起こる。てるが泣き叫ぶ。

息を飲んだ俊次は、床に落ちている数珠に気付いた。

さっき戸を破って飛び出していったのは鷹男だ。否、あれは鷹男ではなかった。

理性をなくした獣――祟り神だ。

誰かが山へ入ったのだ。間に合わなかった。

「くそ……！」

毒づいた俊次は、数珠をつかんで手首にはめた。怪我をしないためではない。なくさないためだ。それでも鷹男の手首に合うように作られた数珠は緩い。

迷うことなく外へ走り出た俊次は、落ちていた心張り棒を拾い上げた。

こんな棒切れが役に立つかどうかわからない。そもそも、何をどうすれば鷹男を元に戻せるのか、そして山津波を止められるのかも、わからない。

しかし、とにかく行かなければ。


俊次は雨の中を東の山に向かってひた走った。途中で何人かの村人とすれ違う。ただ立ち尽くす者や山のある方角から逃げてくる者はいたが、山へ向かう者はいない。

やはり山で何かが起こっているようだ。

逸《はや》る気持ちを努めて抑える。

常に冷静であれ。そして何が起こっているかを正確に把握し、迅速に対処せよ。それは唯一、祖父にも父にも言われたことだ。本当に怖いのは何かが起こることではなく、起こった後の対処を誤ることである。誤らないためには冷静でなくてはならない。それは戦も商売も同じ。

高台にある村長の家の前に、男が一人座り込んでいた。沼田だ。

「沼田先生！」

声をかけると、沼田はのろのろと振り返った。雨に濡れた顔は真っ青だ。

「どうかされましたか！」

「あ、ああ、若友君か……。今、何かが走っていって……」

沼田はわなわなと震える唇を懸命に動かして言った。

何か、は鷹男だ。やはり東の山へ向かったのだ。

こんな事態に陥ったのは、大本をたどれば間中と井波を連れてきた沼田のせいである。しかし今、そのことを責めても何にもならない。俊次は沼田に駆け寄った。

「お怪我はありませんか」

「ああ、だ、大事ない。しかし、あれは、いったい……」

呂律《ろれつ》がまわっていない。直接危害を加えられなくても、あの禍々しい気にあたっただけで、人は病んでしまう。障るのだ。

「あれは本物ですよ、先生。誰かが禁を破ったから祟り神になったんです」

「まさか……」

「ご自分でも本当はわかってらっしゃるんでしょう。あれは、本物です」

もう一度はっきり言うと、沼田はごくりと唾を飲み込んだ。震える拳には白い紙切れが握られている。間中のお札だ。

沼田が間中の力を本当に信じていたかどうかは怪しい。しかし、いざとなったらそれに頼るしかなかったのだろう。

僕も同じだ。何ができるか、という以前に、何もできないかもしれない。それでも。

「では、僕は行きます」

「ま、待ってくれ。わ、わしはどこへ行ったら」

「どこにいても、この辺りの山が崩れれば同じですよ。逃げ場はない。とりあえず家へ入ってください。これ以上ご自分の体調が悪くならないように、体を拭いて温かくして。ここには医師はいませんから」

「山が、崩れる……？」

茫然とつぶやいた沼田に、ええと頷く。

「かもしれません。しかし祈れば崩れないかもしれない。鷹男の力を信じて祈ってください。今、頼れるのはあの男しかいないんだ」

内容は二の次で、とにかくこうしろという明確な指示をもらえてほっとしたのか、沼田はおとなしく頷いた。それを確認し、再び駆け出す。

山の入口が見えてきた。大勢の村人がいる。男ばかりだ。倒れ伏している者、それを介抱している者、座り込んで泣いている者、罵り合っている者、取っ組み合っている者、それを止めている者。いずれも皆、恐慌状態に陥っている。

しめ縄は、案の定はずれていた。いや、千切れていた。

一目散に駆け寄った俊次を、若友さん！　と怒鳴るように呼ぶ声がする。

振り返ると、雨の中、村長がしっかりと立っていた。村長の足下には倒れた元義と間中の姿がある。ますます強くなってきた雨の中目をこらせば、鉄道賛成派反対派問わず、見覚えのある男たちがたくさん倒れていた。

障りがあったのか。互いに争ったのか。

どちらにせよ大事《おおごと》だ。

「鷹男はどこへ！」

「お社に！　まっすぐ行ってください！」

はっきりとした口調で応じてくれた村長に頷いてみせ、俊次は迷うことなく山の入口へ向かった。泥水にまみれたしめ縄を横目に山へ入る。

ふ、と空気が変わった気がした。冷たくて重い。吸い込んだ空気が肺から全身に行き渡り、体が芯から凍りつくような錯覚に陥る。昨日、鷹男と一緒に社へ来たときは、こんな空気は感じなかった。

結界が有効だったというわけか。

ここは良くない、引き返せ！ ——理屈を超えた本能ががなりたてる。

俊次は無意識のうちに心張り棒を強く握りしめた。

ここまで来て、引けるか。

社をめざして山を登る。雨で濡れそぼった靴ではどうにも足下が不如意で、靴下ごと脱ぎ捨てた。

流れ落ちてくる雨水を拭いながら、ぬかるんだ細い道を裸足で駆ける。そうして社を目指して走るうちに、脳裏に様々な風景が浮かんできた。

怯えて逃げ惑う男たち。鷹男を売った村人だ。ある者は渓谷に落ちて命を落とし、ある者は数日のうちに病をえて死んだ。ある者は山で蜂の大群に襲われ、ある者は気がふれて自ら首をくくった。

また別の男が逃げる。が、立派な鎧を纏っているせいで早く逃げられない。呆気なく転ぶ。許してくれ、許してくれ、許してくれ。それしか言葉を知らないようにくり返す男。どうにか立ち上がってまた駆け出したが、すぐ先は川だった。ドボン。鎧が錘《おもり》になる。一度も浮き上がることなく、深く沈んでいく。

密告した村人の田畑は実らない。実っても虫が全て食ってしまう。ただでさえ貧しい村だ。同じ村人でも分け与えられる食料は限られている。飢える。病に罹る。

それでもまだ憎い。まだ、まだ、まだだ！

――ああ、これは、祟り神の記憶だ。

憎しみと恨みで腸《はらわた》が煮える。脳髄が沸騰する。

鷹男の記憶と同調しているのを感じて、俊次は強く首を横に振った。

だめだ、引きずられるな。冷静になれ。

自分自身に言い聞かせていると、前方に洋装の男が倒れているのが見えた。

「井波少尉！」

駆け寄って膝をつき、肩を揺さぶる。

井波はうっすらと目を開けた。

「……すまん。止められなかった」

「あれだけの人数が相手だ､仕方がないですよ。それより大丈夫ですか？　怪我は？」

ないと井波が応じたそのとき、辺りに咆哮が響き渡った。

木々が波打つように揺れる。降り注ぐ雨粒すらも震える。

刹那、ガラガラガラ！　と頭上で音がした。山肌から石が転がってきて、目の前の水溜まりに落ちる。ばしゃん！　と派手な音をたてたそれは、握り拳ほどの大きさだった。

遠くの方で、ドォン！　と地響きがする。もっと大きな石が落ちたようだ。パキパキと枝が折れる音も大きくなっている。ごうごうという激しい水音も、どこからともなく聞こえてきた。

この山だけでなく周囲の山も崩れようとしているのだ。もう、あまりもたないかもしれない。

「少尉、僕は行きます」

「ああ、気を付けろ」

はいと頷いて、俊次は立ち上がった。そして再び駆け出す。

どんなに気を付けても、山崩れが起こったら、山の入口のところにいた間中や村人たちはもちろん、家に残っている村人たちも、沼田と井波も、そして俊次も死んでしまう。

間に合うか。というよりも、どうやったら鷹男を元に戻せるんだ。

わからない。わからないまま走る。

ようやく見えてきた社は、屋根が吹き飛び、半分倒壊していた。周囲の木々もなぎ倒され、橙の幹をさらしている。

「鷹男！」

声を限りに呼ぶ。

が、返ってくるのは雨音だけだ。

「鷹男！」

もう一度呼ぶ。

すると、ゴォ！　と突風が吹きつけてきた。総身に寒気が走るのを感じつつも、力を振り絞って棒を構える。

目の前に現れたのは、大きな黒い塊だった。

人の形を成していない、ただ黒い何か。

全身に鳥肌が立つのがわかった。皮膚がぴりぴりと痛い。息をするのがやっとだ。

これは忌わしいものだ、触れるな、逃げろとまた本能ががなりたてる。

今にも背中を向けそうになる体を、俊次は意志の力で強引に止めた。

ともかく、僕の呼びかけには応えたんだ。何とかなる。

「……戻れ、鷹男」

精一杯強い口調で言ったつもりだったのに、声はひどく掠《かす》れた。

「おまえが長い間守ってきた村が、なくなってしまうんだぞ。てるちゃんも、五郎君も、皆死んでしまう」

雨の向こう側に佇《たたず》む黒い塊は微動だにしない。

話を聞いているのか。あるいは、単に攻撃のための間をとっているのか。

「村の人が誰も信じなくなっても、僕はおまえを信じる。だから戻ってくれ。頼む」

喘《あえ》ぐように言う。

激しい雨音が沈黙を埋めた。

届いたか。

――否。

だめだ、と思うと同時に黒い塊が突進してきた。咄嗟に突き出した心張り棒が呆気なく折れる。

全身があっという間に黒に包まれた。

強い力で押さえ込まれて身動きがとれない。

なんだ、これは。

まだ憎い。憎いのに動けない。

祝詞《のりと》で縛りつけられて動けないかわりに吠《ほ》えた。するとますます縛りがきつくなる。

苦しい。痛い。もう声を出すこともできない。嫌だ。嫌だ嫌だ嫌だ！

見るがいい。

よく通る声に促され、痛みを堪えつつ視線を上げる。

幼い少女が立っていた。隣にいる少年が、しっかりと少女の手を握っている。

――たみ。

少女の名が自然とこぼれ落ちた。

老夫婦は亡くなってしまったが、たみは命をとりとめたのだ。たみはずっとおまえを心配している。どんな凶事が起ころうとも、おまえを案じていた。あの少年も他の村人の中にも、おまえを気にかけている者はいる。

何のおもてなしもできませんけど、ゆっくり休んでってください。

おかわりもありますさかいな。食べ終わらはったら傷の手当てもいたしましょう。

老爺と老婆の情け深い笑み。心尽くしの粥。

あんな、これ、作ったん。

少女が差し出したのは、小さな木の実をつなぎ合わせた数珠だ。少年も木の実を拾うのを手伝ってくれたと言っていた。その数珠は今も、腕にはめられている。

温かな何かが体内に流れ込んできて、ああ、と声が漏れた。

ああ、忘れていた。確かにもらった温もり。

おまえが憎んだ相手はもうこの世にはいない。これからは、その力で二人が暮らす村を守れ。

少女は村人に見守られ、成長してゆく。少年は一人きりになった少女を陰になり日向《ひなた》になり支えた。やがて大人になった二人は一緒になり、子供が生まれる。その子に子が生まれ、その子にまた子供が生まれる。

長い長い、長い時間をかけて命の受け渡しを見守る。別れは寂しいが、虚しくはない。なにしろ新たに守るべきものが目の前にあるのだ。

災いは全て退けた。そして毎年、欠かさず確かな実りをもたらした。

他に類をみない豊かな村だと聞きつけて、時折他所者がやってくる。行商人や旅芸人、山を隔てた隣村との交流も、村人たちの暮らしを潤してくれるので歓迎だ。が、略奪に及ぼうとする者は、村へ入ってくる前に排除した。

疫病は退けることができたが、各々が罹る病はどうしても防げなかった。それでも疫病で全滅した他所の村の惨状を知った村人たちは、心から感謝してくれた。

穏やかな日々。幸せな日々。

しかし永遠は存在しない。

あるときを境に、世の中の流れが劇的に変わった。

そう、戸籍調査なるものが行われた頃だ。誰がどこの家で暮らしているのかを調べるだけだと聞き、特に問題がないように思えたので放っておいた。

そのすぐ後、村の土地を測量するため、他所者がやって来た。どうやら山の所有者を決めるらしい。奴らは山を勝手に国のものにしようとしていた。冗談ではない。周囲の山々は、鷹男が大切に守ってきた村のものだ。庄屋のものになるよう暗示をかけた。

山が庄屋の名義になったと聞いて安堵したのも束《つか》の間、戸籍が若者たちを戦へ送り出す役割をはたすものだと気付いた。が、気付いたところで、もうどうすることもできなかった。

やがて今度は山に穴をあける計画が持ち上がった。山の向こうから知らない人間が次々にやってくる。鉄道。蒸気機関車。聞いたことがない言葉をいくつも並べ立てる。

村人たちは戸惑う。そんな中、いつまでも古い因習《いんしゅう》に囚われていてはいけないと一人の若者が声高に主張し始める。辛抱強く、勉強熱心な子だった。たのもしいと思っていたその子が、山に穴をあける計画に賛同し、それが人々に広がっていく。鉄道に賛成する者と反対する者が言い争う。村が真っ二つに割れる。対立が激しくなるにつれて互いを警戒し始め、開放的だった村人たちが戸に心張り棒をかけて休むようになってしまった。

こんなのは初めてだ。止められない。

どうすればいい。どうにもできない。

そうこうするうちに、一人の若い男が現れた。洋装が板についた、目鼻立ちのすっきり整ったきれいな男だ。しかし気が強い。腕節もやけに強い。霊力のある血を引いているらしく、少しもこちらの思い通りになってくれない。そこがまたいい。

蒸気機関車が好きだと言って、玩具《がんぐ》を手にした子供のように目を輝かせる。無邪気なところもあるようだ。おもしろい。それに存外可愛らしい。気に入った。

体は怪我をしなくても、心は傷つくだろう。

おかしな奴だ。おまえは人でない俺に心があると思うのか。

鉄道局の人間である僕がこんなことを言っても信じられないかもしれないが、おまえの力になりたい。

俺に人智を超えた力があると知っているのに、人間のおまえが力になるというのか。おかしな奴だ。

村の人が誰も信じなくなっても、僕はおまえを信じる。だから戻ってくれ。

出会ってまだ数日しか経っていない。何百年も見守ってきた村人たちが信じなくなっているのに、なぜそんな風にきっぱりと、信じると断言できる。

おかしな奴だ。——愛しい奴だ。

大きな咆哮が耳をついて、俊次はハッと目を開けた。

視界に映った空は、暗い灰色だった。いつのまにか雨がやんでいる。

自分が倒れていることに気付いて、ゆっくり手足を動かす。泥水にまみれた体は冷たいが、どこにも痛みはない。感覚もちゃんとある。

俊次はほっと息をついて上半身を起こした。

すぐ目の前に、屋根が飛んだ社がある。手元には真っ二つに折れた心張り棒が落ちていた。

鷹男は、どうなった？

立ち上がると同時に辺りが明るくなって、俊次は再び空を見上げた。

暗い灰色が瞬く間に薄い灰色になり、あっという間に雲が切れる。そして抜けるような青が覗く。

なぎ倒された木々の向こうに、村全体が見渡せた。村の更に向こうに連なる山も一望できる。

崩れかけていた山々が、まるで生きているかのように自ら元の位置に戻ってゆくのが見えた。ぐぐ、と土が動くのがはっきりとわかる。——生きているかのように、ではない。生きているのだ。

再び咆哮が響いて、俊次は天を振り仰いだ。

黒い塊が浮かんでいた。それは日の光を浴びて眩しいほど白く輝き、やがて人の形をとる。

現れたのは紺色の着物を纏った長身の男だ。艶やかな黒い髪が風に舞う。

こちらを見下ろした男は、迷うことなくまっすぐに降りてきた。

俊次はゆっくりと、大きく両手を広げて男を迎えた。


「おまえはなぜここにいるんだ」

布団の上で起き上がった俊次は、脇に胡坐をかいた鷹男を見た。開けた口に、木製の匙《さじ》がすかさず突っ込まれる。中身は白米の粥だ。フサが作ってくれたそれは、薄い塩味で旨い。

咀嚼《そしゃく》して飲み込んでから、精悍な面立ちをじろりとにらむ。

「自分で食えるって言ってるだろう」

「いいじゃないか、俺がやりたくてやっているんだから」

器と匙を奪おうとしたが、軽々と避けられてしまった。思わずムッとする。

「僕の面倒をみている暇があったら、村の人たちを手伝えよ。家が壊れた人もいるんだから」

「嫌だね。村のことは村の人間がすればいい。それに俺が何かしようとすると、物凄い剣幕で止められるんだ。どうかお休みになってくださいってな」

わがままな子供のような威張った物言いをした鷹男は、また匙を俊次の口許に運んだ。仕方なく口を開けて粥を食べると、鷹男はにこにこと笑う。

楽しそうだな……。

空から降りてきた鷹男を抱きとめたところまでは覚えているが、そこからはぷつりと記憶が途切れていた。なんだかひどく寂しくて、けれど温かい幸せな夢を見たような気がするが、よく覚えていない。

村長の家の離れで目を覚ましたときには、日付が変わって昼になっていた。鷹男いわく、瘴気《しょうき》と神気《しんき》に続け様にあてられたというのに一晩眠っただけで済むなんて、やはり俺の嫁だ。

嫁じゃない！　と反論したものの、実際、一晩休んだことで体力は回復していた。首筋にあったナイフの痕も消えている。裸足で山道を駆けたというのに、かすり傷ひとつ残っていない。

これのおかげか。

手首にはめられたままの数珠を、俊次は丁寧にはずした。

「これは返しておく」

「うん？　ああ、おまえが持っていてくれてかまわんぞ」

「いや、これはおまえがもらった物だ。おまえが持っているべきだ」

てるちゃんの握り飯が欲しいかと問われたときも、同じように言ったっけ。

ほんの数日前のことなのに、なんだか遠い昔の出来事のように感じつつ、まっすぐ鷹男を見つめる。

「そうだな、俺が持っていよう」

鷹男はふと目許を緩め、椀と匙を床に置いた。数珠を受け取り、己の手首にはめる。

一度は泥で汚れたとは思えないつやつやの木の実でできたそれは、やはり鷹男の手首にある方がしっくりときていた。

祈祷も封印も呪《まじな》いもしていないのに、なぜ元に戻れたんだと尋ねると、よくわからんと鷹男は答えた。いろいろといいことを思い出して、気が付いたら戻っていた。

なんだ、その薄ぼんやりとした戻り方は……。

あきれる俊次に、鷹男は笑った。

とにかく、戻れたんだからいいじゃないか。

過程や理由が大切な場合もある。世の中のほとんどの物事には、恐らくそれらが大事で必要だろう。

しかし今回はそうではない。なにしろ神の領域の話である。鷹男の言う通り、戻れたのだからそれでよし、だ。

ほっと息をついた俊次は、再び鷹男を見上げた。

「おまえ、社の再建は後まわしでいいと言ったらしいな」

「ああ。まずは村人の生活を立て直すのが先だろう。そういえば井波という軍人、もう起き出して村人を手伝っているらしいぞ。腕節はそれほどでもないが、心身共によく鍛えているようだな」

井波、間中、沼田は村長の家の母屋に滞在している。沼田と間中はまだ起き上がれないらしい。

村人の中にも、寝込んでいる者が大勢いると聞いた。元義もそうだし、真っ先に禁を破った平助はひどい高熱が出ているという。

不幸中の幸いは、村長である安太郎がしっかりとしていたことだ。てきぱきと事後の処理をしている。

それに従って実質的に村を切り盛りしているのは、家に残っていた女たちだ。もともと女の仕事だった養蚕の仕事をきちんとこなし、寝込んだ男たちの看病をし、子供の面倒を見、なおかつ田畑にも出ているそうだ。学校が休みになった子供たちも、母親をよく助けているらしい。

「それにもう、立派な社は必要ない」

鷹男は落ち着いた口調で言う。

「そうなのか?」

「ああ、俺は村を出るからな」

え、と俊次は思わず声をあげた。

「なぜだ」

「力をほとんど使い果たしてしまったんだ。さすがにあれだけの大きな山津波を止めるのは大変だった。天災も疫病も、今までのようには防げない」

「しかし、それでも村の人たちは残ってほしいと言うんじゃないか?」

昨日の出来事を目の当たりにしたなら尚更《なおさら》だ。村人たちは鷹男が自分たちの守り神だとはっきりと認識しただろう。

しかし鷹男は首を横に振った。

「守れるだけの力がないのに祀られたら、それこそいかさまだろう。俺は村を出て暮らす。人としてな。力が弱まったからちょうどいい」

そこまで言って、鷹男はなぜか粥を自分の口に運んだ。おお、旨いな、などと感心している。

以前、鷹男には誰も味方がいないと感じた。この村にいる限り、神として崇《あが》められるかもしれないが、その孤独は変わらない気がする。

村の人たちの気持ちは別として、僕には鷹男が村を出るのは悪いことではないように思える。

もともと鷹男を神ではなく一人の男としてしか見られなかったから、余計にそう思うのかもしれない。

「俺がいなくなっても、山の力もあることだし、ここが守られた土地であることに変わりはない」

「もし山に鉄道が通ったらどうなる？」

「さあな。社を守っている限り村は大丈夫だろうが、工事に入った人間がどうなるかはわからん。おまえも結界が破られた山へ入ってみてわかっただろう。あれは普通の山じゃない」

冷たいような重いような空気が、体を芯から凍りつかせた。あの感覚は、当分忘れられそうもない。

「その辺りはあの沼田とかいう政治家がどうにかするんじゃないか？　今回で懲りただろうから、今度はちゃんとした筋から本物の祈祷師を紹介してもらうなり、鉄道を敷く場所を変更するなりするだろう。方法はなくはない」

「ちゃんとした筋って何だ」

「俺にもよくわからんが、蛇の道は蛇と言うだろう。文明開化だ維新だといっても、解決できないものはある。解決できる力を持った者は表舞台からは姿を消すかもしれんが、決して絶えたりはしない。そういったものに一切頼らずに生きていけるほど、人は強くないし、万能でもないからな」

淡々と言いながら、鷹男はまた匙を俊次の口に運んだ。俊次は黙って匙を口に含む。

鷹男の言いたいことは、なんとなくわかった。どんなに時代が変化しようとも、変わらない、否、変われないものもある。

「そんなわけで、俺はおまえのところへ嫁に行くことにした」

至極当然のように言われて、ゴホ、と俊次はむせた。

「はあ？　何を言っているんだ」

「前にもおまえと一緒に暮らしてやると言っていただろう。狭くてもいいと言ったはずだ。異論はなかろう」

「異論だらけだ。人として生きると簡単に言うが、おまえ、どうやって生きていくつもりだ。何かあてはあるのか」

「心配しているのか」

「心配なんか」

していない、と言いかけた口に、また匙を突っ込まれる。食べ物を口に入れている間はしゃべってはいけない。母方の祖母の躾《しつけ》が浸透しているため、とにかく粥を咀嚼する。

その間に、鷹男はまた自分の口に匙を運んだ。そのままカカカ、と椀の中の粥をさらって全部食べてしまう。

「……おまえ、腹が減っているのか」

「ああ？　うん、そのようだな。ずっと腹が減ることはなかったんだが。なんだ、足りなかったか？」

「いや、そういうわけではないが」

力が弱まっているから腹が減るんだろうか。

そう考えた俊次は、ハッとした。

今、当たり前のようにひとつの粥を同じ匙で分け合っていなかったか。

固まってしまった上に、じわじわと赤くなった俊次の考えていることがわかったらしく、鷹男はにやりと笑った。

「神を嫁にできるなんて、限られた者だけだ。喜べ」

「ばか、僕はおまえを嫁になどもらわん」

「だったら最初に言っていた通り、おまえが俺の嫁になればいい」

鷹男の腕が伸びてきて、強い力で抱き寄せられた。首筋に口づけられ、びく、と反応してしまう。

「ああ、残念だ。ここにつけた跡も消えてしまっている」

「跡って……」

「一昨日の夜つけた跡だ。おまえは夢だと思っていたようだがな」

「え……」

思う様口づけられ、胸の突起を弄られた。あまりに気持ちがよくて立っていられずに、鷹男に縋《すが》った。——あれは夢ではなかったのか。

「正直、俺もあそこまで煽られるとは思わなかった。誰かを滅茶苦茶に抱きたいと思ったのは、随分と久しぶりだったな」

固まっている俊次をよそに、鷹男は感慨深げにつぶやく。

「あのときは最後までしてやれなくて悪かった。詫《わ》びにたっぷりとかわいがってやる」

低く響く声が耳に直接囁いたかと思うと、布団の上に押し倒された。すかさず鷹男がのしかかってくる。

なぜか抵抗する気になれなかった。それどころか体が熱い。胸の奥も熱い。

黒い塊の禍々しさが鮮明に脳裏に焼きついている今、こうして鷹男が目の前にいて、触れて触れられることが嬉しいと思ってしまう。

本当に、戻ってきてくれてよかった。

そんな風に思う己自身が猛烈に恥ずかしくて、結局、無闇に両腕を振りまわすことになった。

「ちょ、俊次、いてっ、やめろ、こら」

本気で攻撃する意図がなかったからだろう、あっという間に両手をつかまれ、布団に押しつけられた。

「おまえな、当たったら痛いだろう」

「うるさい」

言って、真っ赤になっているだろう顔を背ける。

まじまじと横顔を見つめられるのがわかった。横を向いたせいで赤くなった耳までさらすことになり、更に頬が熱くなる。

鷹男が低く笑う声が聞こえた。

「こっちを向け、俊次」

甘い声で呼ばれ、そろりと仰向《あおむ》けかけた顎をすくうようにつかまれた。間を置かず、唇を塞がれる。

「んっ……」

たちまち深くなった口づけに、俊次は自らも舌を差し出して応えた。


首筋から鎖骨へ、そしてはだけられた胸元へと鷹男の口づけが下りてくる。大きな掌が露《あらわ》になった上半身を撫でまわす。

熱い。

全身が沸騰しているかのようだが、鷹男が触れている場所は更に熱かった。このままだと熱くなりすぎて発火してしまいそうな気がする。

しかし少しも嫌ではない。むしろ、もっと触ってほしいと思う。

「さすがによく鍛えているな。無駄のないきれいな体だ」

囁いた鷹男の唇が、激しく上下する胸の頂にたどりついた。そこにある尖《とが》りは薄い小麦色の肌に合わせたように、濃い紅色だ。

「ああ、もう起《た》っている」

満足そうにつぶやいた鷹男は、硬く尖った乳首をためらうことなく口に含んだ。

「あっ、あ……」

自然と漏れた声の甘さに驚いて、慌てて両手で口を塞ぐ。

もう片方の乳首を指先で弄りながら、鷹男はふと笑った。

「声を出しても、外には聞こえないようにしてある。それに誰も入ってこれん。大丈夫だ」

「しかし……、あ、ん」

痺れるような快感が胸に湧いて、唇を噛みしめる。

「噛むな。聞かせろ」

強引に手を退かされ、唇を舌でこじ開けられた。ちゅくちゅくと淫靡《いんび》な音が頭の中に大きく響く。注がれた唾液を喉を鳴らして飲み込む。こんな行為は誰ともしたことがない。

やはり少しも嫌ではなかった。それどころか、ひどく淫らな気持ちになってしまう。

もっと、隅々まで鷹男に触ってほしい。触りたい。

布団を握りしめていた手を、鷹男の肩へ移動させる。緩くなっていた襟元を開き、直接素肌に触れる。

ああ、鷹男も熱い。

張りつめた滑らかな皮膚は、汗ばんで濡れていた。その下のしっかりとした固い筋肉は、掌にほどよく馴染む。口の中を激しく貪られながらも、震える指先でたどると、唐突に唇が離れた。

「んう、は、あ、はぁ」

息継ぎをしていてもなお足りなかった空気を求めて胸を喘がせる。

こら、と甘い声で叱られたかと思うと、唇を柔らかく噛まれた。

「あんまり、可愛らしいことをしてくれるな。乱暴にしてしまいそうになるだろう」

「か、かまわない……」

「何が」

「乱暴に、してもいいと、言っている……」

本心だった。それで、鷹男の熱をもっと感じられるのならかまわない。

ぼんやりと滲んだ視界に映った鷹男の顔が、怒ったように引きつった。

「おまえな……。本気にするぞ」

「ああ、してくれ」

「……その言葉、忘れるなよ」

低く囁いた鷹男の手が、乱れていた寝間着の裾を割った。長い指が内腿《うちもも》をたどり、既に下帯を押し上げている性器をつかむ。ひ、と悲鳴のような声をあげてしまった次の瞬間、布地ごと愛撫《あいぶ》された。

「や、あ、あっ」

「もうこんなに濡らして。そんなに俺の接吻がよかったのか?」

「だめ、だめだ、鷹男、もう、あぁ」

敏感になった乳首に再び口づけられ、背中が反り返る。ちくちくと音をたてて吸われると同時に劣情を擦《こす》り上げられ、俊次は呆気なく達した。

腰だけでなく、頭の天から足指の先にまで痺れるような快感が浸透する。今まで経験した自慰や女との情事では、こんなに感じたことは一度もない。

何も考えられなくて、ただぐったりと力を抜いていると、ほとんど役割を果たさなくなった帯が腰から引き抜かれた。続けてじっとりと濡れた下帯も取り払われる。

途端に、性器が勢いよくまろび出た。一度達したというのに、それはまだ存在を主張している。

「あ……、あ！」

羞恥を感じる間もなく、鷹男がそれに手をそえ、喉の奥深くまで咥《くわ》えた。そのまま舌と唇、そして指を使って激しく愛撫される。廓の女にも口淫はされたことがない。初めての経験だ。

「やっ、やめろ、そんな、したらっ……」

強烈な悦楽に、また背中が反った。大きく開かされた脚が震え、踵《かかと》が弱々しく布団を蹴る。

「だめだ、放せ、放してくれ……、鷹男、頼むから……」

上下する鷹男の頭を引き離そうとする。が、震える指は艶やかな黒髪をもどかしげに撫でただけだ。あまりの気持ちよさに、鷹男の動きに合わせて腰がおのずと動く。

それに気をよくしたのか、鷹男は俊次の腰をしっかりとつかんで固定し、思う様俊次の劣情を舐めまわした。

「は、はぁ、あ、あっ……」

腰を押さえつけられているため、もがいても逃れられない。

快楽の波に容赦なく揉まれ、俊次はすすり泣いた。

「また、いく、もう、だめだ、あぁ……！」

とても我慢できず、鷹男の口の中で達した。がくがくと全身が震える。性器だけでなく、鷹男に弄られた胸も痺れるような快感を訴えてくる。

二度達したというのにまだ欲望が尽きなくて、荒い息を吐いていた俊次は、鷹男が喉を鳴らす音を聞いた。

僕のを飲んだのか……。

羞恥を覚えるだけの理性は、まだ戻ってきていなかった。それどころか、ぞくぞくと寒気にも似た快感が背筋に走る。

俊次が欲情していることに気付いたのだろう、鷹男は一度口から出した性器を、再びねっとりと舐め上げた。

「やぁっ……！」

自分の声とは思えない艶《なま》めいた声があがる。萎える気配のない劣情が、新たな蜜をこぼした。滴り落ちたそれが、淡い繁《しげ》みや二つの膨らみを濡らすのを、鷹男がじっと見ているのがわかる。熱い視線を受け、更に蜜があふれる。

さすがに恥ずかしくなって、俊次は悶《もだ》えた。

「いや、いやだ、見るな」

「嫌じゃないだろう。触っていないのに、こんなにとろとろにして。情事のときのおまえは想像以上にいやらしいな」

「あ、あっ、だめだ、もう、さわるな」

「わかった。じゃあ、別のところを触ろう」

「べつって、どこだ……」

涙でぼやけた視界に、鷹男が映った。

鷹男はいつのまにか上半身をさらしていた。うっすらと上気し、汗ばんだその逞しい体が、鷹男もこれ以上ないほど欲情していることを教えてくれる。

思わずこくと唾液を飲み込むと、鷹男が笑った。情欲をたっぷりと滴らせた獰猛《どうもう》な笑みだ。

「もっともっと、感じさせてやる」

反射的に逃れようとしたのを許さず、鷹男は俊次の膝裏に両手を入れ、強い力で持ち上げた。そのまま大きく脚を開かせる。

突然の体勢の変化に息をつめていると、外気に晒《さら》された尻の谷間を鷹男の指がたどった。誰も開いたことのない秘められた場所を探り当て、指を押し入れる。

「あっ……、あ」

初めての感触に、掠れた声が漏れた。

二度達した後だったせいか、あるいは鷹男の指が俊次の劣情からあふれたもので濡れそぼっていたせいか。そこはほとんど抵抗することなく長い指を受け入れた。痛みはない。しかし圧迫感はひどい。

体内に快楽を得られる場所があることは、知識として知っている。が、にわかには信じられなかった。

だって、こんなに苦しい。

「すぐによくしてやるからな」

甘やかす物言いが聞こえたかと思うと、指が動き出した。何度も抜き差しをくり返すうちに、きつかった場所は次第に解《ほぐ》れてくる。圧迫感は薄れてきたものの、気持ちがいいとは感じない。

は、は、と短く息を吐いて耐えているると、自由に出入りできるようになった指が中を抉《えぐ》るようにした。

刹那、強烈な快感が腰を直撃して、悲鳴に似た声をあげてしまう。

「や、なに」

「気持ちがいいだろう」

低く響く声が悪戯っぽく問う。

否とも応とも答えないうちに、中に入った指はその場所を押し潰すようにした。

「あっ！　そこ、だめっ……！」

「だめじゃないだろう？　いいって言え」

「だめ、だめだ、そんな、あう、いやっ」

逃れようと腰を揺らした拍子に、限界まで膨れ上がっていた性器が腹に強く擦れる。

「あぁ！」

俊次は高い嬌声《きょうせい》をあげ、またしても達した。三度目だからだろう、薄くなった精液が胸や腹を汚す。

しかし放出している間も、中に入った鷹男の愛撫はやまない。それどころか、指を増やしてその場所を集中的に責めてくる。

「も、いやっ……、だめ、あ、いい、あ、ぁん」

俊次はひっきりなしに甘い声をあげ、身悶えた。鷹男の指が激しく出入りしている場所が、熱くて熱くて溶けてしまいそうだ。粘り気を帯びた卑猥《ひわい》な水音と、己の色めいた嬌声、そして鷹男の荒い息遣いがひとつになり、耳をも侵す。

腹に擦れた性器が、性懲りもなくまた蜜をこぼしていた。汗と体液で、どこもかしこもどろどろだ。

全身を浸す快感の濃密さに意識が薄れかけたそのとき、ふいに全ての指が引き抜かれた。ぐちゅ、という淫靡な音と共に出ていってしまったそれを引き止めるかのように、内部がきつくしまる。かと思うと花が綻ぶように緩んだ。意志の力ではどうにもならない。

「や、鷹男、鷹男っ……」

「ああ、今やるから」

低く掠れた声が聞こえたかと思うと、鷹男を恋しがって蠢《うごめ》いている場所に、熱いものがあてがわれた。間を置かず、それは体内に押し入ってくる。

「あー……！」

俊次は長く尾を引く嬌声をあげた。痛かったからではない。奥深くまで押し入ってきた鷹男の熱が、蕩《とろ》けきっていた場所に強い快感を与えてくれたからだ。

全てを収めた鷹男は、は、と熱い息を吐いた。そして俊次のひきしまった下腹を撫でる。

腹の中で脈打つ鷹男を否応なしに意識させられ、あぁ、と俊次は嬌声をあげた。

「ここに、俺がいる……。わかるか？」

はあはあと胸を喘がせつつ頷く。

鷹男が中にいる。

そのことが、身震いするほど快感を生んだ。自然とつながった場所が激しく収縮し、またしても感じたままの声をあげてしまう。

鷹男はといえば、肉食の獣のように低くうなった。

「おまえ、俊次……、この体、金輪際、俺以外には誰にも……、絶対に、触らせるなよ……」

情欲と独占欲にまみれた声で言うなり、鷹男は激しく動き出した。

「あっ、あー！　や、あぁ」

ぎりぎりまで引き抜かれたかと思うと、奥まで一息に貫かれる。痺れたようになっている内壁を激しく擦られる感覚に、俊次は艶めいた声をあげた。充分な硬度と角度をもったそれは、つい先ほど鷹男に見つけ出された感じる場所を的確に突いてくる。

鷹男を限界まで感じるため、そして感じさせるため、腰が淫らに揺れた。そそり立った劣情が、その動きに翻弄されて不規則に揺れる。

ああ、いい、気持ちがいい、鷹男、もっと。

ただ心で思っているのか、口に出しているのか、もうよくわからなかった。一際激しい律動にとうとうついていけなくなって、ただ揺さぶられる。肌と肌がぶつかる鋭い音が耳をつく。

「俊次……！」

熱を帯びた声で呼ばれると同時に、中で鷹男が弾《はじ》けた。迸ったものに体内を満たされ、今まで経験したことのない、内から湧き上がるような快感を覚える。

「あ、ん、あっ、あ……」

鷹男の精液はまだ出ていた。ひくひくと痙攣をくり返す内壁をたっぷり潤す。快感が更に膨れ上がり、俊次は堪えきれずに身震いした。

「は、あぁ……！」

確かな絶頂感があったが、それは射精の快感とはまた違っていた。その証拠に、俊次の性器はどろどろになっているものの達してはいない。

強烈な、しかし慣れない快感に、は、は、と乱れた息を吐く。

すると鷹男が満足そうに笑う気配がした。

「出さずにいったな……。そんなに、俺に中を擦られるのがよかったか？」

何を言われているのかよくわからなくて、俊次はただ鷹男を見上げた。上気した精悍な顔つきが近付いてくると同時に、つながったままのそこが淫靡な水音をたてる。あぁ、と甘い声をあげた唇を塞がれた。口内にたまった唾液を音をたてて吸われる。

「んう、ふ、ぅん……」

濃厚な口づけに応じつつ、俊次は鷹男の首筋に腕をまわした。意識は朦朧《もうろう》としていたが、ただひとつの欲望だけははっきりとしている。

もっと、鷹男と混じりあいたい。

大きく開かされていた脚が、無意識のうちに鷹男の腰にからまった。その動きのせいでまた、つながった場所が卑猥な水音をたてる。

やがて、一度達してもなお充分な硬さを保った鷹男のものが再び動き出した。同時に震える性器を愛撫され、俊次はすぐに達する。

「やっ！　ぁん、待て、まだ、たかお」

「すまん、俊次。待てん」

鷹男がうなるように、切れ切れに囁く。その言葉の通り、律動はやまない。それどころか、ますます激しくなる。

鷹男が放ったものでたっぷりと潤ったそこは、くり返し穿《うが》たれつつも激しく収縮した。

熱い。熱くて溶けてしまう。

「んあ、あっ、あっ」

「く……！　う、俊次……！」

淫らにくねる腰に、鷹男の腕がまわった。そして強い力で抱き起こされる。

「あぁー……！」

下から貫かれる形になり、更に奥深くまで開かれるのがわかった。猛々《たけだけ》しくそそり立つ鷹男の性器の形を、ありありと実感させられる。

そのあまりの硬さと大きさに、俊次はすすり泣いた。

「あ、だめ、だめだ、大きい……！」

後ろに倒れそうになる体を、鷹男の腕がしっかりと抱きとめてくれた。自らも鷹男の首筋にしがみつくと、背中を支えてくれていた両手が下へと這う。そして谷間に鷹男を受け入れた尻を鷲づかみにされた。

「あう……！」

「こんなに広がって、奥まで俺を飲み込んで……。いやらしいな」

獰猛な雄の声で俊次の耳を犯しつつ、鷹男はつながっている場所を指先でたどった。

ひどく敏感になっている体が、びくんと跳ねる。

「や、さわるなっ……」

「入口は、ちゃんと俺の形になっているな」

「あっ、あ、たかお、だめだ、いや」

「中も、俺の形になっているか？」

乱暴に尻を揉みしだかれ、再び全身が跳ね上がった。そのまま連続して揉まれ、くちゅくちゅと卑猥な音があふれる。

激しく突かれるのとは異なる、もどかしいような快感が生じて、俊次は泣きながら喘いだ。

「やぁっ、いや、いやだぁ……！」

自らも激しく腰を揺すると、鷹男が低くうめいた。再び中で勢いよく熱いものが放たれる。

その感触にもまた感じてしまって、俊次は腰をくねらせた。

「んっ、ん……、はあ、は、あぁ」

「っ……！　これは、まずいな……。止まらん」

くたりと力の抜けた俊次の体を抱きとめ、鷹男が掠れた声でつぶやく。その言葉の

通り、体内を占拠したままの鷹男はまだ息づいていた。

僕も、まだ熱い。

俊次もまた、一向に衰えない情欲を感じていた。足りない。まだしたい。

鷹男の逞しい胸に体を預けて荒い息を吐いていると、布団の上に仰向けに寝かされた。その拍子に、奥深くまで入り込んでいたものが、ずるりと抜けてしまう。

「あぁっ……」

寒気にも似た快感の次にやってきたのは、圧倒的な喪失感だった。失ったものを求めて蠢くそこから、鷹男が放ったものがあふれ出す。

「あ、あ、や……」

次々に滴り落ちるそれのどろりとした感触に、まるで己が粗相をしたような羞恥を覚え、俊次は無意識のうちに膝をすり合わせた。

その仕種に煽られたのか、鷹男の息遣いが激しくなる。荒々しく体を俯せにされ、間を置かずに強い力で腰を引き上げられた。そして背後から一息に貫かれる。

「ぁあ……！」

衝撃に喉が反った。

再び力強い律動が始まる。

「俊次……、俊次……！」

切羽つまった余裕のない声で呼ばれて、全身が歓喜に震えた。

「ほんまに、ありがとうございました」

頭を下げたのは村長だ。その横にはフサと元義もいる。

「いえ、こちらこそお世話になりました」

俊次も頭を下げた。

山の禁が破られてから四日目。村がかなり落ち着いてきたので、一旦帰ることにした。もともと滞在期間が随分と延びていたのだ。早く帰って上に報告しなければならない。

「鷹男様も、ほんまにありがとうございました」

村長とフサ、そして元義に深く頭を下げられ、俊次の横に立った鷹男は、いや、と首を横に振る。どこから持ってきたのか、シャツとズボンという洋装だ。わずかに短くなった黒髪と相まって、スラリと伸びた長身によく似合っている。

これから、鷹男も一緒に村を出るのだ。

鷹男本人からそのことを告げられた村長や村人たちは動揺した。が、どこかで覚悟もしていたようだ。今まで通りに村にいてくれと懇願する者もいたが、俺にはもう力がないのだと正直に話した鷹男を前に、最後には折れた。村人全員に、鷹男を軽んじた自覚が大なり小なりあったのだろう。禁を破った鉄道賛成派は言わずもがなだ。

ただ、幼い子供たちはひどく寂しがった。特にてるは拗ねて泣いて大変だった。昨日までの三日間、鷹男は日の高いうちは子供たちと遊んですごした。

夜はほとんど僕といたけどな……。

何度しても足りないらしく、執拗《しつよう》に求められた。俊次もしたかったので応じたけれど、あれほど濃密な行為は初めて経験した。まるで情欲を糧に生きる淫らな生き物になってしまったかのようだった。

とはいえ不思議と体は疲れなかったし、翌日に痛みが残ることもなかった。鷹男の力が働いていたのかもしれない。

声が外に漏れないというのも本当だった。夜な夜な鷹男に抱かれて色めいた声をあげさせられていたというのに、誰にも聞こえていなかった。

こいつ、余計なことに力を使っている気がする。本当に前より弱くなっているのか？

疑惑の目を向けると、鷹男はやけに血色の良い顔ににやりと笑みを浮かべた。手首にはめていた数珠をおもむろにはずし、村長に向き直る。

「これを残していく。子供らが年寄りになるくらいまでは村を守ってくれるだろう。社に納めるといい」

「あ、ありがとうございます」

村長は数珠を両手で押し戴《いただ》いた。フサが横で深く頭を下げる。

うんと頷いた鷹男は、それらのやりとりを見つめていた元義に目を向けた。

「元義、安太郎とフサをよく助けろよ」

「は、はいっ。あの、すんませんでした、私」

「ああ、いい、謝るな。おまえは間違っていない。これからの村にはおまえが必要だ。時流を読んで村を守れ」

はい、と元義は小さな声で返事をした。

元義が山を越えた隣村にある小学校へ通っていた頃、どんなに帰りが遅くなっても、道に迷ったり、獣に襲われたりしたことはなかったという。足を滑らせて川へ落ちそうになったときも、途中で何かに引っ張り上げられて難を逃れたそうだ。今思うと、

あれは鷹男様が助けてくださったんですね。俊次が元義を見舞ったとき、そう言って
うつむいた。
きっと今頃村の一人一人が、何らかの形で鷹男に助けられたことを改めて思い出し
ているに違いない。
俊次は感傷を振り払うために、努めて明るく口を開いた。
「向こうへ着いたら、すぐに医者を手配しますので」
「はい、お願いします。村の者《もん》はもう少し休んだら大丈夫やと思うんですが、沼田先
生と間中さんが心配ですよって」
「お二人のことは井波少尉にお任せすれば大丈夫ですよ」
平助はまだ寝込んでいるものの、ほとんどの村人が通常の生活に戻っている。
ただ、沼田と間中はまだ床を離れられないでいた。起き上がることはできるように
なったが、村を出るための山道に耐えられるだけの力は戻ってきていない。
体力もだけど、精神面の方が大変そうだ。
間中はまだましだが、沼田は憔悴《しょうすい》している。何歳も老けてしまったかのようだった。
井波はといえば、今日も社の再建に出かけた。大局を見失ってはならんという考え
は今も変わらん。しかし貴君を傷つけたことは謝罪する。すまなかった。そう言って

俊次に頭を下げた。

「じゃあ行くか、俊次」

「ああ」

鷹男に頷いてみせ、俊次は荷物を背負った。そして三人にもう一度頭を下げる。

「お元気で。僕はもしかしたら、また仕事でお邪魔するかもしれません。そのときはよろしくお願いします」

「はい。どうぞ、道中お気を付けて」

頷いた鷹男は三人に背中を向け、歩き出す。俊次も後に続いた。

空は抜けるような青だ。吹いてくる風はわずかにひんやりとして快い。

田畑や山にいた村人たちが、鷹男の姿を見つけて深々と頭を下げる。鷹男はいちいち軽く頷いて応じた。手を振る子らには、手を振り返す。こっそり見遣った鷹男は、優しい、守り神の顔をしていた。

元義さんも不安そうだったけど、村の人たちも、本音では凄く不安だろうな……。

山崩れを防いだ鷹男の力を目の当たりにした今、その庇護が失われるのは恐ろしいに違いない。たとえ鷹男がかつての力を失っていたとしても、いるのといないのとでは、精神的に大きな違いがあるはずだ。

鉄道はきっと通るだろう。村人たちはこの先、新たな心の拠《よ》り所を探しつつ、あらゆる天災や病、そして時代の変化と戦っていかなければならない。それこそが、村にとっての本当の新しい時代の到来なのかもしれなかった。

俊次は隣を歩く鷹男を見上げた。

「おまえ、これからどうするんだ」

「しばらくはおまえの世話になる」

「しばらくの後は」

「まあ、なんとかなるだろう」

「呑気だな」

あきれた俊次に、鷹男は笑った。尊大で闊達な、守り神でもなければ祟り神でもない、鷹男という男の笑顔だ。

「これからは好きに生きるさ。とはいっても、前のように好きな場所に移動することはできなくなったんだがな」

「突然現れたり消えたりするあれか」

「ああ。空は飛べるが、念じた場所へ行くことはできなくなった。どうも人くさくなってきている」

「普通の人間は空は飛べん」

やはりあきれて言う。元人間とはいえ、この男は長い間神だったのだ。しかも陸の孤島と言ってもいい山奥の村で暮らしてきた。恐らくいろいろな感覚が大幅にずれている。

おいおい、僕が教えてやるか。

「さあ、日が暮れるまでに街に出るぞ」

ああと大きく頷いた鷹男と肩を並べて歩く。

この男とは、きっと長く一緒にいるのだろう。そんな予感がした。

はるかな街で

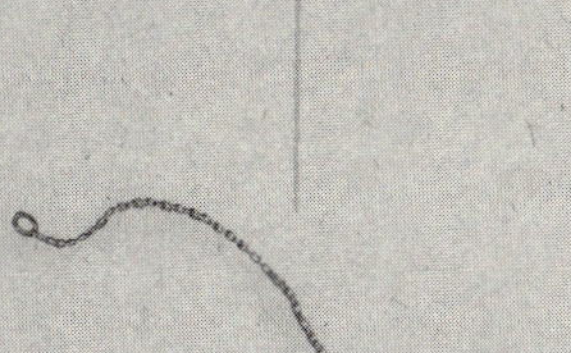

若友俊次《わかともしゅんじ》が下宿に戻ったのは、午後九時をまわったところだった。

俊次が借りているのは事務所にほど近い場所にある家の小さな離れである。母屋で休んでいる老夫婦を起こさないよう、そっと庭を横切る。

給金は人並み以上にもらっているから、その気になれば一軒家を借りて女中や下男を雇うこともできる。が、俊次は下宿を選んだ。妻子持ちならともかく、独り者なのに家を構えるのは面倒だと思ったからだ。

家主である老夫婦は大きな商家の隠居で、何不自由なく暮らしている一方、些《いささ》か退屈していたらしい。若い下宿人を大いに歓迎し、庭で鍛錬することもあっさり了承してくれた。しかも事前に頼んでおけば、老夫婦の下に通っている女中が食事の用意から掃除、洗濯までしてくれるからありがたい。

とはいえ大の男二人が暮らすには、一室しかない離れは手狭だ。最初は引っ越そうかとも思ったが、鷹男《たかお》と暮らし始めて約五ヶ月。朝夕に涼しさが感じられる秋になった今も、いまだにこの下宿にいるのにはわけがある。

俊次はそっと戸を開けた。

中は真っ暗だ。人の気配はない。

「帰ったぞ」

声をかけてみたものの、やはり返事はなかった。思わずため息が漏れる。

あいつ、またどこかへ出かけているのか……。

今朝は何も言っていなかったから、いるかと思ったのに。

極楽村からこの街へ戻ってきたとき、しばらく泊まらせますと母屋の老夫婦に鷹男を紹介した。よろしく頼むと素直に頭を下げる一方で、尊大な雰囲気を醸し出す鷹男を、老夫婦はなぜかすっかり気に入ってしまった。俊次が勤めに出ている間、鷹男は老爺《ろうや》と海釣りに行ったり、老婆と買い物に出かけたりしていたらしい。

そうして一月ほどが経《た》った頃から、鷹男は度々下宿を留守にするようになった。ほとんど毎日外出し、長いときには十日ほど姿を消す。俊次にはちょっと出かけてくるとしか言わなかったが、老夫婦には仕事の関係で遠方へ行くと伝えていたようだ。

仕事って何だ。

尋ねると、街へ下っても野趣を失わない精悍《せいかん》な面立ちに悪戯《いたずら》な笑みが浮かんだ。

俺は俺で世を渡るたつきを見つけんといかんからな。あちこちあたりをつけている。

いかがわしいことをやっているんじゃないだろうな。

胡乱《うろん》な目を向けた俊次の唇に、鷹男は自分の唇を重ねた。深く口づけて思う様俊次の口腔《こうこう》を味わった後で、まるで睦言《むつごと》を囁《ささや》くように言った。

心配するな。疚《やま》しいことはしていない。

――そうだった。あれは情事の最中だった。この離れで何度も抱かれたが、老夫婦が気付いている様子はない。鷹男の力は健在のようだ。

一人赤面しつつ、俊次はランプの明かりを灯《とも》した。文机《ふづくえ》に紙きれが載っていること に気付いて手にとる。

「今日はたぶん帰れない。先に寝ていろ。鷹男」

達筆そのものの字で書かれた文章を読み上げる。どこへ何をしに行くかは、ひとことも書かれていない。

女でもできたんじゃないだろうな……。

頭に浮かんだ考えに、ははは、と俊次は思わず声に出して笑った。

なんだ、この亭主の浮気を疑う女房のような思考は。ばかばかしい。

紙を乱暴に机に戻し、どっかと腰を下ろす。そう、この離れを引き払わないのは、鷹男があまりいないからだ。

とはいえ鷹男の物は増えている。主に衣服と書籍だ。

洋服の動きやすさに目覚めた鷹男は、どこからともなくシャツやスラックス、帽子を調達してくる。これが厭味《いやみ》なほど似合う。

書籍や雑誌は俊次が持っているものを読むだけでなく、母屋の老夫婦の孫にも借りているらしい。どうやって金を手に入れているのかは謎だが、自分でも購入しているようだ。老夫婦が買っている新聞も読んでいる。

極楽村から神戸へ帰る道々、目にするものの耳に届くものについていちいち尋ねられたので、ある程度覚悟はしていたが、鷹男の好奇心と知識欲は相当なものだ。これはどういう意味だ、あれは何を意味していると質問攻めにされることもしばしばである。生来頭のいい男らしく、理解するのも覚えるのも早い。時代の流れや新しい知識を猛烈な勢いで吸収している。

そうしていろいろと知っていく中で、俊次以外の誰かに惹《ひ》かれてもおかしくはない。やっぱり、男の嫁はだめだったか。

またしても妙な方向へ進みだした思考を振り払うため、俊次は強く頭を振った。ここ数日、極楽村の鉄道計画についての話し合いが続いていたから少し疲れているのかもしれない。こういうときはさっさと眠ってしまうに限る。俊次は立ち上がり、着替え始めた。

結局、極楽村は鉄道に賛成した。が、鷹男がいた山には触れず、すぐ側《そば》の山にトンネルを通すことになった。村に足を運んで話し合いを重ねたのは沼田《ぬまた》だ。余分にかかる金は寄付を募り、なおかつ然《しか》るべき祈祷《きとう》を行った上で工事に入ることになった。

沼田先生、お元気になられてよかった。

床を上げてから本調子に戻るまでに二月ほどかかったようだが、今は県議として活発に動いている。二月ほど前に会議で顔を合わせたときには、やあやあ若友君、久しぶりやなと握手を求められた。滅多《めった》にない経験をしたせいか、以前よりも凄《すご》みが増した気がした。

その沼田によると、間中《まなか》の行方はわからないそうだ。間中が持っていた銃は偽物だったこと、そして元義《もとよし》が公にしたくないと言ったこともあり、特に捜したりはしていないという。どっかで何とかやってるやろうと沼田は笑っていた。

井波《いなみ》はといえば、八月に始まった清《しん》との戦に出征しているらしい。伝え聞く戦況は優勢だが、戦は戦だ。命の保障はない。

でも井波少尉なら大丈夫だろう。なんとなくそう思った。

極楽村での出来事は、関わった人たちの人生を大きく変えたと思う。もちろん俊次も、そのうちの一人だ。元神様と恋仲になって同居までするなんて、さすがに考えたこともなかった。

まあ同居と言ったって、鷹男はほとんどいないんだが。

着替えを終えた俊次は、手早く敷いた布団の中に潜り込んだ。

たとえ鷹男がいたとしても、俊次も仕事がある。面倒などみられない。だから鷹男自身が生きる道を探すのはいいことだ。

確かに僕はあいつが好きだけれど、執着するほどじゃないし。

そもそも哀れから始まった恋である。今はもう哀れでも何でもなく、むしろ生き生きと日々をすごしている男と共に生きるのは難しいのかもしれない。

新しい生き方を見つけて出て行くというなら、それでいいじゃないか。

頭ではそうは思うのに胸のもやもやがどうしても消えなくて、俊次は低くうなった。

——くそ、ばか鷹男。どこにいるんだ。

早く帰ってこい。


翌朝になっても鷹男は戻ってこなかった。老夫婦と共に朝食を食べている間に、鷹男がどこへ行ったか知らないかと尋ねたが、二人とも首を横に振った。

なんかえらいことお忙しいみたいですよ。お仕事が軌道に乗ってきたんと違いますか。

老爺の言葉に、はあと曖昧な返事をするしかなかった。

だから、あいつの仕事っていうのはいったい何なんだ。

釈然としない気持ちのまま出勤した俊次を待っていたのは、なぜかそわそわと落ち着かない雰囲気の同僚たちだった。

「おはようございます。何かあったんですか」

隣の席にいた男に声をかける。おはようございますと丁寧に応じてくれた男は、声を落とした。

「さっき所長が珍しい早《はよ》うおみえになったんですけど、なんでも今日、偉いお方がおいでになるさかい、身のまわりをきちんとしとけておっしゃって」

「偉いお方？　どなたですか？」

「さあ。詳しいことはわかりません。若友さんは何か聞いておられますか」

「いいえ、私は何も聞いていませんが」

「若友さんもご存じゃないんですか……」

男は残念そうに肩を落とす。側で聞き耳をたてていたらしい他の同僚たちもがっかりしたようだ。

少し年上のこの男をはじめ、同僚たちのほとんどは判任官と雇員《こいん》と傭人《ようにん》である。判任官は官吏《かんり》だが、政府に幹部候補生として採用された高等官とは身分が異なる。雇員と傭人は、いわば雑用をこなす職員で、そもそも官吏ではない。俊次は事務所では数少ない高等官だから、何か知っているのではないかと期待したのだろう。

「所長は所長室ですか」

「ええ。所長ご自身もえらいこと緊張してはりました」

へぇ、と俊次は驚いた。高等官の技師である所長は武家華族の出身で、帝大を出ている。そのせいか、いついかなるときも態度が大きい。

あの所長が緊張するなんて、どんな大物が来るんだろう。

一応机の上を整理していると、所長室へと続く扉が勢いよく開いた。一目で一張羅とわかる洋装に、口髭《くちひげ》をたくわえた中年の男が姿を現す。所長だ。ぐるりと一同を見まわして大きく頷《うなず》く。

「皆揃《そろ》っているな。よし、表へ出ろ。お出迎えするぞ」

早速表へ出ようとした所長に、俊次は慌てて声をかけた。

「おはようございます、所長。差し支えなければ、どなたがおみえになるのかお聞かせ願えませんか？」

「うん？　ああ、言っていなかったか」

瞬《まばた》きをした所長は、なぜか威張るように胸を張った。

「さるお公家《くげ》様のご紹介で、今度の極楽村の工事の際に祈祷をしていただくことになったお方だ。一度直《じか》に挨拶をしたいとおっしゃってな。いや、名誉なことだ」

そうなんですかと応じた俊次は、同僚たちを見た。どう反応していいかわからないらしく、皆微妙な顔をしている。

同僚たちは自分の目で見ていなくても、極楽村から帰ってきた俊次の話は聞いている。そもそも一人、極楽村へ行った直後に辞職しているのだ。祈祷師をはじめとする不思議を、全く信じないわけにはいかないのだろう。

それにしても祈祷師って、まさか間中さんじゃないだろうな……。

四方八方に髪の毛を跳ねさせた不遜な男を、どこか懐かしく思い出していると、所長は再び一同に視線を向けた。

「皆、くれぐれも失礼のないようにな。お公家様のお顔を潰してはならん」

どうやら所長は祈祷師云々《うんぬん》はどうでもいいらしい。お公家様のご紹介——つまり「由緒正しい家柄の華族様のご紹介」というところが重要なのだろう。

所長は極楽村でのありのままの出来事を綴《つづ》った俊次の報告書を受け付けなかった。

これでは上が納得せん。上が納得するように書き直せ。

言われたのはそれだけで、ばかばかしいとか、おまえは頭がおかしくなったのかとか、そういったことは一切言われなかった。

ただ面倒が嫌いなだけかもしれないし、権威に弱いだけかもしれないが、ある意味、器の大きい人だと俊次は思う。

「さあ、行くぞ」

鼻息の荒い所長を先頭にして、同僚たちと共にぞろぞろと表へ向かう。

外はよく晴れていた。降り注ぐ秋の日差しは柔らかく、暖かい。が、所長を除く全員が当惑した顔のままだ。

無駄口を叩《たた》くわけにもいかずにしばらく待っていると、一台の人力車が姿を見せた。

所長が一歩前に出る。

「おお、おみえになったぞ！」

人力車にゆったりと腰かけているのは、帽子をかぶった洋装の男だ。

俊次はまじまじと男を見つめた。

直線的な眉や鋭い目、通った鼻筋に、やや大きめの形の良い唇。

物凄く知っている顔なんだが……。

事務所の前で止まった人力車に向かって、所長は気をつけの姿勢をとった。同僚たちもつられて姿勢を正す。

「わざわざのお越し、痛み入ります！」

深々と頭を下げた所長にうんと軽く頷いた男は、颯爽《さっそう》と人力車から降り立った。ぽかんと口を開けている俊次をちらと見て、小さく笑みを浮かべる。

どこからどう見ても鷹男だ。

呆気《あっけ》にとられている俊次から視線をはずし、男は所長に向き直った。

「出迎え、ご苦労である。私が山野《やまの》鷹男だ。神林《かんばやし》侯爵よりの書状を預かってきた」

低く響く声を聞いて、俊次は確信した。

やっぱりこいつは鷹男だ。


「いったいどういうことなんだ！」

胡坐《あぐら》をかいている鷹男の鼻先に、俊次は人差し指を突きつけた。

鷹男は少しも動揺することなく、しれっと答える。

「どうもこうも、所長が言っていた通りだ。俺は偉い公家やら神官やらのお墨付きをもらっている凄腕の祈祷師だ」

「そういうことを聞いてるんじゃない！」

時刻は夕方。場所は離れである。

人力車から降りた鷹男の胸倉をすぐさまつかんで、どういうことだと問い質《ただ》したいのを我慢した俊次をよそに、鷹男は数時間事務所にいただけで、再び人力車に乗ってどこかへ行ってしまった。もしかしたら離れには戻っていないのではないかと思ったが、帰宅すると何事もなかったかのようにくつろいでいたので、頭にきてしまったのだ。

「何が凄腕の祈祷師だ。どうやってお偉方に取り入った」

「前に蛇の道は蛇だと言っただろう。その筋に顔を出して、俺の暮らしが立つようにしただけのことだ。俺も神ではなくなったとはいえ、それなりに力は残っているからな。向こうもありがたがっていたぞ。神の中には俺のことを知っている者もいたし、思っていたよりは容易《たやす》かったな」

「神の中って、おまえな……」

そうだ。この男は元神だった。

一緒に暮らしていると、ついそのことを失念してしまう。

「仕事をする以上、俺も暇ではなくなるが、ここ半年ほどには忙しくはならんだろう。政府の仕事も受けるつもりでいるから、おまえと一緒に仕事をすることもあるだろうな。ん？　なんだ。おまえ、このところ俺に会えなくて寂しかったから怒っているのか？」

ふいに思いついたように悪戯っぽく問われ、俊次はきつく眉を寄せた。乱暴に腰を下ろして腕を組み、そっぽを向く。

「何をばかなことを言っている！　寂しくなどなかった！」

「ではなぜ怒っている」

「何をしているのか、どこへ行っているのか、僕に黙っていたからだ。なぜ言わなかった」

「さすがの俺も、うまくいくかどうか確信が持てなかったからな」

「最初はそうだったかもしれんが、ここ一月くらいには目処《めど》がついていただろう」

「まあな。おまえの驚く顔が見たくて黙っていた」

「おまえな！」

反省するどころか、笑いを含んだ声音にカッとなって怒鳴ると、唐突に腕をつかまれた。抗《あらが》う間もなく強い力で抱き寄せられる。

「おまえ、俺の心配をしていたのか?」

「心配などするか。なぜおまえのような人外の力を持った、強い男の心配などしなくてはならんのだ」

逃れようともがいているにもかかわらず、なぜかうまく体をかわせなくて、じたばたと暴れながら言う。

一方の鷹男は、いとも簡単に俊次の抵抗を封じつつ楽しそうに笑った。

「そういう心配じゃない。俺の心変わりの心配だ」

やっぱり、男の嫁はだめだったか。

昨夜、そう思ったことがまざまざと思い出されて、俊次は真っ赤になった。

「僕は別に、そんな心配なんか……!」

「そうか? 俺は心配だったぞ。俺が留守の間、おまえが他所《よそ》の女か男に気を移しはしないかとな」

「ばかか、そんなことあるわけないだろう!」

思わず怒鳴ると、鷹男は目を丸くした。

しまった。今の言い方だと、僕が物凄く鷹男に惚《ほ》れているみたいじゃないか。

「あ、いや、違うぞ、そういう意味じゃなくて」

慌てて言い訳をしたものの、耳まで赤くしていては説得力の欠片《かけら》もない。

案の定、満面に笑みを浮かべた鷹男がきつく抱きしめてきた。

「そうかそうか、そんなわけがないか。俺も心変わりしたりしないぞ。おまえ一筋だ。もちろん浮気もしていないから安心しろ」

「だからそんな心配などしていないと言っているだろう！」

「わかったわかった。わかったからそう怒鳴るな」

上機嫌で応じつつ、鷹男は俊次のシャツの釦《ぼたん》を手際よくはずしてゆく。

「ちょ、やめろ、鷹男」

「やめるわけがないだろう。前にしてから何日経ったと思ってるんだ。我慢した分、今日はたっぷり抱かせろ」

「我慢って、そんなの、おまえが勝手に……、っ、あ」

開かれたシャツの下の乳首を爪で引っかかれ、俊次は掠《かす》れた声をあげてしまった。間を置かず首筋に吸いつかれ、肩が敏感に跳ねる。この五ヶ月の間、濃密な情事を重ねてきた体は、以前よりもかなり感じやすくなっている。

いや、それだけじゃない。

鷹男が側にいてくれて嬉《うれ》しいから、体が反応しているのだ。

恥ずかしくてたまらずに逃れようとすると、背後からのしかかられた。咄嗟《とっさ》に両手を床について体を支えている間に、スラックスを下着ごと引き下ろされる。

「やっ、んん」

性急な仕種《しぐさ》に抗議しようとした唇に、鷹男の長い指が二本まとめて押し込まれた。

「気持ちよくしてやるから、舐《な》めて濡《ぬ》らせ」

低く囁いた鷹男は、空いた方の手で露《あらわ》になった俊次の性器をつかんだ。既にわずかに立ち上がりかけているそれを、長い指が容赦なく愛撫《あいぶ》する。

「ん、んっ、う」

久しぶりに与えられる痛いような快感に悶《もだ》えながら、俊次は鷹男の指をしゃぶった。骨ばった指の節を舌先で舐めると、口腔の敏感な部分を指先で擦られる。ごく自然に腰が揺れた。性器から染み出した蜜が鷹男の激しい愛撫によって、くちゅくちゅと卑《ひ》猥《わい》な水音をたてる。

己がいかに淫らな格好で、淫靡《いんび》な行為をしているかを改めて考えると、羞恥で全身が焼けるようだ。が、鷹男の愛撫を心底喜んでいる己がいるのも事実である。

もっと先もしてほしい。

嬲《なぶ》られている性器だけではなく、鷹男のものを受け入れる場所も次第に熱をもってくる。息が乱れ、唾液があふれた。それを鷹男の指がかきまわしたせいで、口の中からも淫らな水音が鳴る。その音にすら感じてしまって、また腰がくねる。

俊次、と情欲を滴らせた声が呼んだ。

「おまえ、俺が留守の間、自分でやったか？」

「ん、ふ、んん」

俊次は緩く首を横に振った。本当に一度もしていなかった。鷹男がいないのに、一人でする気になれなかったのだ。

「俺にしてほしかったのか？」

からかうような、それでいて甘やかすような物言いに小さく頷いたのは、理性がかなり薄れてきていたからだ。

すると鷹男が嬉しそうに笑う気配がした。

「相変わらず最中は素直だな。体も素直でいやらしい。普段との落差がたまらん」

どこか凶暴な獣を思わせる低い声で囁いた鷹男は、俊次の口から指を引き抜いた。

唇の端から飲みきれなかった唾液があふれる。

「は、あ、あ……」

性器への愛撫は執拗《しつよう》に続いている。口を閉じることができなくて喘《あえ》いでいると、いきなり尻の谷間に指を二本押し込まれた。

久しぶりであるにもかかわらず、そこは滑らかに鷹男の骨太な指を受け入れる。

しかし圧迫感がひどい。息がうまくできなくて、喉がひゅうひゅうと鳴る。

「う……、く、そんな、急に……」

「大丈夫だ、すぐに気持ちよくなる。もう数え切れないほどしたんだ、知っているだろう？」

低く濡れた声で囁いて、鷹男は感じる場所を強く押した。

刹那、一際強い快感が腰を打ち、悲鳴のような嬌声《きょうせい》が唇をついて出る。

「ぁん！　や、あっ、いく」

「いっていいぞ」

「や、そこばっかり、さわるな……！　いやだ、いや、あぁ！」

内側を的確に抉《えぐ》られると同時に性器を強く擦られ、俊次は達した。迸《ほとばし》ったものが床にぱたぱたと音をたてて落ちる。

しかし射精の余韻に浸ることはできなかった。鷹男の指が中で動き続けていたからだ。いつのまにか三本に増えていた指は、我が物顔で俊次をかき乱す。

「あ、あっ、たかお、だめ、だめ」

次々に襲ってくる快感に耐え切れず、突っ張っていた腕が折れた。獣のように腰だけを高く掲げる淫らな体勢になったが、気にしている余裕などない。

「だめじゃないだろう。おまえのここ、いい色に染まっているぞ。中も熱いし、動きも激しい。俺の指を食いちぎりそうだ」

「そんな、そんなこと……！」

「ああ、こんなに腰を揺らして。そんなに俺がほしかったのか」

鷹男の感に堪えないといった物言いが耳に届く。刹那、尻に甘い痛みを覚えた。嚙《か》みつかれたのだとわかって、とうになくしていた羞恥が甦《よみがえ》ってくる。

「いや、たかお、いやだっ……」

「うん？　何が嫌だ、言ってみろ」

意地悪く尋ねた鷹男は尻に歯をたて、舌でねっとりと舐めあげる。その間も、俊次の内側に入れた指は動かしたままだ。艶《なま》めいた収縮をくり返し、ぐちゅぐちゅと水音をあふれさせているそこに、鷹男の獰猛《どうもう》な視線を痛いほど感じる。

腰が卑猥に揺れ動くのを止めることができなくて、俊次はすすり泣いた。先ほど達したばかりの劣情が再び力を取り戻している。腰の動きに合わせて跳ねるそれの先端から、蜜が四方に飛び散る。

己の体が鷹男を欲しがっているのがはっきりとわかった。

「あ、もう、入れて……、いれて、くれ」

切れ切れに懇願すると、指が一気に引き抜かれた。あう、と声をあげた俊次の落ちかけた腰を、鷹男の腕が強引に引き上げる。

ひたりと後ろに熱いものがあてがわれた。

ああ、鷹男のだ。

快感に霞《かす》んだ思考でそう思った次の瞬間、大きな熱の塊はゆっくりと侵入してきた。

「あ……っ、ん、う、あん！」

急に強く押し込まれ、高く掠れた声が出てしまう。

鷹男はといえば、火のような荒い息を吐きながら囁いた。

「全部、入ったぞ」

体の奥深くまで鷹男で満たされているのを感じて、俊次は陶然となった。快感とはまた別の熱い何かが、胸にじわじわと広がってゆくのを感じる。

それがたまらない愛《いと》しさだと気付いたときには、思う様揺さぶられていた。ついていけないほど激しい動きに、よがる声が止まらない。

「や、あ！　い、あっ、あっ！」

「俊次……！」

その律動と同じく強く、そして愛しげに呼ばれ、俊次は極まった。わずかに遅れて鷹男も達する。たっぷりと潤される感覚に、あ、あ、と色めいた声が断続的にあふれ出た。

鷹男が僕の中でいったんだ……。

鷹男の情欲を受け止めた腹の奥から全身に、深い安堵《あんど》と歓喜がいきわたる。つながった場所が情人の存在を改めて確かめるように、きゅうと締まるのがわかった。

するると、鷹男のものがみるみるうちに力を取り戻す。

「やっ、あ、また……！」

「すまん、俊次……。このまま、もう一回」

否とも応とも答えないうちに、鷹男は再び激しく動き出した。たちまち火花が散るような鋭い快感が生まれ、色めいた声をあげる。

それから後のことは、よく覚えていない。

俊次が鷹男から解放されたのは、夜半をかなりすぎてからだ。体の隅々まで愛撫され、幾度も鷹男の欲を受け入れて、ほとんど気を失うように眠った。次に目が覚めたのは夜が明けてきた頃である。

鷹男の温かな腕の中で、俊次は身じろぎをした。どろどろだった体はさっぱりしている。鷹男が清めてくれたようだ。布団も敷いてくれたらしい。

濃厚な快楽の余韻が体のあちこちに甘い痺《しび》れとなって残っているし、疲労感はあるものの、痛みはない。

「起きたのか、俊次」

低い声で問われ、ん、と頷いた俊次は、髪を優しく梳《す》いてくる男を見上げた。

精悍な面立ちに、飢えた獣の表情はない。何度も何度も俊次を抱いて、さすがに満足したのだろう。

安心したような物足りないような複雑な気持ちで、なあ、と声をかける。

「おまえ、極楽村へ祈祷に行くのか」

「ああ、引き受けることにした。村を出たとはいえ、やはり気がかりだからな。山の力そのものを抑える自信はないが、工事が無事に終わるようにするくらいならできる」

「村の人たちは喜ぶだろうな」

「さあ、どうだろう。今更、と思うかもしれん」

「そんなことはない。おまえが村を出た後も村のことを気にかけているとわかったら、きっと喜ぶ」

村長や元義、フサ、平助《へいすけ》、勇《いさむ》、茂作《もさく》、五郎《ごろう》、てる。村人たちの顔が次々に脳裏に浮かんだ。確かに今更何をしに来たと苛立《いらだ》ち、疎む者もいるだろう。しかし、かつての我らの神は完全に村を忘れたわけではなかったと知って、心強く思う者の方が多いのではないだろうか。

「祈祷のときは、僕も行けるように所長に頼んでみる」

俊次をまじまじと見つめていた鷹男は、ふと笑みを浮かべた。

「ああ、それなら俺から言っておこう。俺がおまえを指名すれば確実だろうからな」

「おまえ、随分と偉そうだったな」

人力車から降り立ったときの鷹男を思い出して眉を寄せると、鷹男はあっさり答えた。

「俺は元神だぞ。高い身分に落ち着いて当然だろう」

「それは、そうかもしれんが……」

「安心しろ、いくら身分が高くても、結局はおまえを愛しく思うただの男だ」

気負うでもなく、しかし決して冗談というわけでもない甘やかな物言いだった。見つめてくる漆黒の瞳にも同じ甘さを見つけて、一気に顔が火照る。

「ばっ、おまっ、なにをっ」

「照れるな照れるな。さあ、もう少し寝ろ。まだ起きるには早い」

鷹男の腕に力強く抱え直され、更に額に口づけられ、俊次は暴れるのをやめた。

くそ、気持ちいいじゃないか……。

また柔らかく髪を梳かれる。その優しい愛撫から、鷹男が先ほど言ったことは嘘《うそ》ではないと伝わってきた。力んでいた体が嘘のように弛緩《しかん》する。

次に目を覚ましたときも、僕は鷹男の腕の中にいるんだろう。

そんな確信を持ちながら、俊次はゆっくり瞼《まぶた》を落とした。

あとがき

明治時代。鉄道。嫁。神様。そしてラブ。

己の圧倒的な知識不足故にあたふたしつつ、前述の好きなもの&モエをわんさと詰め込んだ結果、このような物語になりました。

読んでくださる方に楽しんでいただけるよう祈っています。

編集部の皆様はじめ、本書に携わってくださった全ての方々に、心よりお礼申し上げます。特に担当様にはたいへんお世話になり、ありがとうございました。

夏珂《なつか》先生。お忙しい中、素敵なイラストを描いてくださって、ありがとうございました。とても嬉《うれ》しかったです。いろいろご面倒をおかけして申し訳ありませんでした。

支えてくれた家族。いつもすんません。

本書を手にとってくださった皆様。貴重なお時間をさいて読んでくださり、ありがとうございました。ひとことだけでもご感想をいただけると嬉しいです。

それでは皆様、お元気で。

久我有加《くがありか》

時代物は服装とか建物とか
大好きなので描かせていただけて
光栄でした！
ありがとうございます！

夏珂

【参考文献】

原田勝正『明治鉄道物語』講談社学術文庫
中西隆紀『日本の鉄道創世記／幕末明治の鉄道発達史』河出書房新社
野村正樹『鉄道地図の謎から歴史を読む方法　明治以降、鉄道は日本をどう変えたのか』KAWADE夢新書
堤一郎『近代化の旗手、鉄道』山川出版社
小島英俊『時速33キロから始まる日本鉄道史』朝日文庫
三宅俊彦『日本鉄道史年表』グランプリ出版
三宅俊彦『古写真と時刻表でよみがえる「明治・大正」の鉄道』洋泉社ムック
松下孝昭『鉄道建設と地方政治』日本経済評論社
松平乗昌編『図説　日本鉄道会社の歴史』河出書房新社
小池滋・青木栄一・和久田康雄編『日本の鉄道をつくった人たち』悠書館
青木栄一『鉄道忌避伝説の謎　汽車が来た町、来なかった町』吉川弘文館
宮武外骨『明治奇聞』河出文庫
平山蘆江『東京おぼえ帳』ウェッジ文庫
『別冊歴史読本26　日本の軍隊　陸海軍のすべてがわかる』新人物往来社
原田敬一『国民軍の神話　兵士になるということ』吉川弘文館
吉田裕『日本の軍隊　兵士たちの近代史』岩波新書
中西立太『改訂版　日本の軍装　幕末から日露戦争』大日本絵画

柳田国男『明治大正史　世相篇』中公クラシックス
大門正克・安田常雄・天野正子編『近代社会を生きる』吉川弘文館
庄司俊作『近現代日本の農村　農政の原点をさぐる』吉川弘文館
百瀬響『文明開化　失われた風俗』吉川弘文館
マール社編集部／渡辺真理子編『写真で見る１００年前の日本１　暮らし』マール社
マール社編集部／渡辺真理子編『写真で見る１００年前の日本２　風景』マール社
篠田鉱造『明治百話　上・下』岩波文庫
清水勲『ビゴーが見た明治ニッポン』講談社学術文庫
河合敦『図解とあらすじでよくわかる明治日本』光文社知恵の森文庫
河合敦『目からウロコの近現代史』ＰＨＰ文庫
菊地正憲『もう一度学びたい　日本の近現代史』西東社
城一夫『日本のファッション　明治・大正・昭和・平成』青幻舎
柴田義松・斉藤利彦編著『近現代教育史』学文社
下川耿史・家庭総合研究会編『明治・大正家庭史年表』河出書房新社
『最新増補　総合資料日本史』浜島書店
『逓信省職員録　明治二十七年五月現在』
大日方純夫『維新政府の密偵たち　御庭番と警察のあいだ』吉川弘文館
小田部雄次『華族』中公新書

汽車よゆけ、恋の路《みち》
～明治鉄道浪漫抄～

2014年3月14日　初版第1刷発行

著者　久我有加
発行者　三坂泰二
編集長　波多野公美
発行所　株式会社 KADOKAWA
〒102-8177　東京都千代田区富士見 2-13-3
03-3238-8521（営業）
編集　メディアファクトリー
0570-002-001（カスタマーサポートセンター）
年末年始を除く平日 10:00 ～ 18:00 まで
印刷・製本　凸版印刷株式会社
ISBN978-4-04-066358-6　C0193

http://www.kadokawa.co.jp/

イラスト　夏珂
ブックデザイン　ムシカゴグラフィクス

フルール文庫をお買い上げいただきありがとうございます。
この作品を読んでのご意見、ご感想をお待ちしております。

ファンレターのあて先
〒150-0002　東京都渋谷区渋谷 3-3-5　ＮＢＦ渋谷イースト
株式会社 KADOKAWA　フルール編集部気付
「久我有加先生」係、「夏珂先生」係

二次元コードまたは URL より本書に関するアンケートにご協力ください。
※スマートフォンをお使いの方は、読み取りアプリをインストールしてご使用ください。　※一部非対応端末がございます。

http://mf-fleur.jp/contact/